# 우리의 믿음은
# 고양이가 있다는 것

**일러두기**

이 책은 '주부의벗사 독자 설문조사'에 실렸던
에피소드의 내용을 정리해 엮어 냈습니다.
오늘날 권장되는 양육 방법과는 다른 방식도 소개되는데,
그 당시 주인이 적용한 양육 방법을 수정 없이 수록했습니다.

# 우리의 믿음은 고양이가 있다는 것

열일곱 명의 집사들이 전하는
제멋대로지만 사랑스러운 고양이들의 마음

마인드빌딩

## 목차

## 들어가는 말

“고양이가 곁에 있어서.”

힘을 낼 수 있습니다.

위로받았습니다.

매일 즐겁습니다.

가족끼리 사이가 좋습니다.

빨리 집으로 돌아가고 싶습니다.

이어지는 말은 달라도 고양이를 사랑하고, 고양이에게 사랑받으며 살아간다는 점은 모두가 같으리라 생각합니다. 고양이 중에는 무지개다리를 건넌 뒤에도 주인의 마음을 따

뜻하게 해 주는 아이도 있습니다. 특히 온 세계가 불안에 휩싸인 지금, 고양이에게 마음의 위로와 살아갈 힘을 얻은 사람이 얼마나 많은지요.

이 책에는 고양이들과의 생활, 만남과 이별, 고양이들끼리의 사랑 등 열일곱 편의 실화가 수록돼 있습니다. 지금 고양이를 키우는 사람, 전에 키웠던 사람, 길고양이와 인연이 있는 사람, 키우지는 않아도 고양이를 좋아하는 사람…… 누구든 고양이를 사랑하는 사람이라면 마음에 남을 만한 이야기가 가득하답니다. 이 책을 통해 고양이가 곁을 지켜 주는 게 얼마나 기쁜 일인지 다시 한번 느낄 수 있기를, 그런 책이 되기를 바랍니다.

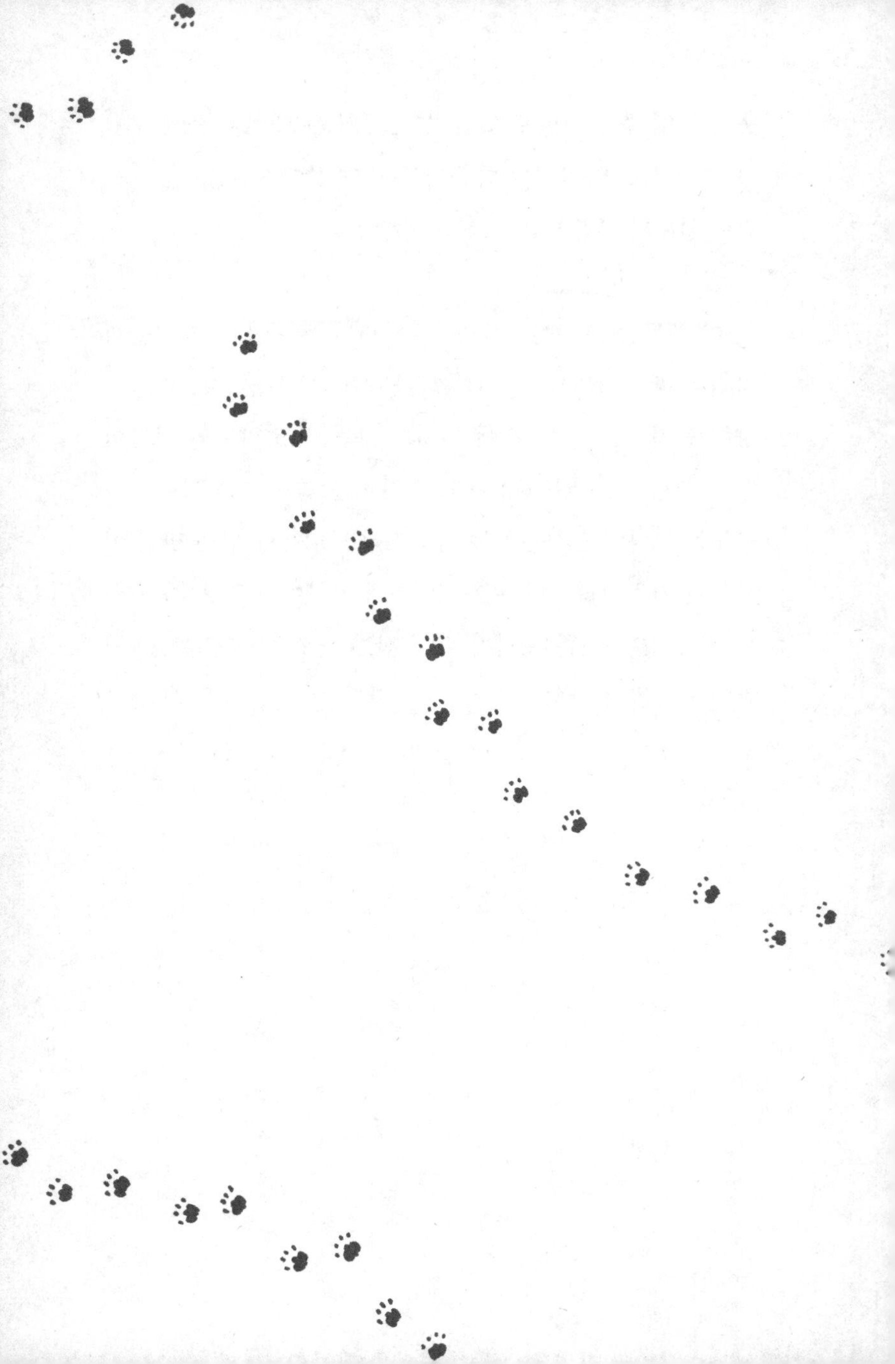

## episode 1

# 너무 열심히 하지 않는 토라지로

“ 일하지 말고 나랑 더 놀아 줬으면 좋겠어.
그래도 될 때야. ”

"울고 있었는데 고양이가 와서 위로해 줬어."

고양이 키우는 사람들은 자주 이런 이야기를 합니다. 고양이가 내 기분을 알아준다면 그것만큼 기쁜 일은 없겠지요. 그런데 정말 고양이에게 인간의 기분을 읽는 능력이 있을까요? 고양이는 변함없는 일상을 좋아한다고 합니다. 변화가 있는 나날보다 늘 똑같은 매일을 더 행복하게 여기기 때문입니다. 실제로 고양이는 변화에 민감하고 낯선 것에 경계심을 품습니다. 혹시 울고 있는 주인에게 다가오는 건, 걱정해서가 아니라 평소와 다른 모습이 신경 쓰여서는 아닐지…….

물론 고양이가 인간의 기분을 민감하게 느낀다는 이야기도 있지요. 최근에는 이런 연구 결과도 있습니다. 대다수의 고양이가 장난감 놀이나 식사보다 주인과의 교류를 더 좋아한다는 것입니다. 주인을 좋아한다면, 기분도 충분히 알아챌 수 있겠지요.

이번 이야기의 주인공은 주인의 행동과 분위기를 읽고 마음까지 헤아릴 줄 아는 고양이입니다. 게다가 자유로운 성격으로 주인까지 변화시켰다고 하네요. 너무 열심히 하지 않아도 괜찮다고 가르쳐 준 고양이를 소개합니다.

# 고양이를 기르고 달라진 것들

우리 집에는 '토라지로(일본어로 '토라'는 호랑이라는 뜻-옮긴이)'라는 고양이가 있습니다. 호랑이 무늬를 가진 고양이냐고요? 아니요, 토라지로는 아메리칸 숏헤어입니다. 왜 이런 이름을 붙였냐 하면 영화 〈남자는 괴로워〉의 주인공 토라지로에게서 따왔기 때문입니다. 처음 토라지로를 데려왔을 때, 나는 남편에게 이름을 붙이게 했습니다. 그러면 고양이에게 더 애착을 가지지 않을까 싶어서였습니다. 남편은 고민하고, 또 고민한 끝에…… 토라지로라고 이름 지었습니다. 지금 생각하면 〈남자는 괴로워〉의 주인공 이름을 따온 게 잘한 일 같습니다. 영화 속 토라 씨는 제멋대로 돌아다니며 아무도 하지 못한 일을 해냅니다. 토라 씨처럼 우리 집 토라지로의 자유로운 성격 덕분에 내 신경질적인 면 역시 변화되었습니다.

토라지로를 데려온 건 결혼을 하고, 동물을 키울 수 있는 아파트로 이사했을 무렵이었습니다. 줄곧 고양이를 키우고 싶었던 터라 남편에게 말을 꺼내 봤더니 흔쾌히 그러자고 대답했습니다. 남편은 동물을 키웠던 적이 없었습니다. 오히려 그래서 반려동물을 키우고 싶은 마음이 있었나 봅니다. 우리는 잽싸게 고양이를 키우기로 하고 이야기를 마무리 지었습니다. 그리고 얼마 안 있어 새끼 고양이 토라지로를 만나게 되었지요. 사람이 가까이 와도 배짱 좋게 쿨쿨 자는 토라지로의 모습에 남편과 나는 한눈에 반하고 말았습니다.

우리의 생활은 생각보다 훨씬 순조로웠습니다. 토라지로는 기운이 넘치는 장난꾸러기였어요. 깨물거나 긁는 버릇은 있었지만, 동물이라고 믿기 힘들 만큼 말귀가 밝았지요. 한번은 부엌에서 요리를 하는데 토라지로가 싱크대 위로 올라온 일이 있었습니다. "안 돼, 내려가." 하고 말하자, 놀랍게도 토라지로는 냉큼 내려갔습니다. 같이 놀다가 손을 물렸을 때는 "아파, 그만해."라고 말합니다. 그러면 앗! 하는 표정을 지으며 바로 그만둡니다. 또 무릎 위에서 자고 있을 때 "잠깐 나와 줄래?" 하고 깨워도 순순히 비켜 줍니다. 친정집에서 키우는 고양이는 기가 세서, 소파에서 밀기라도 하면 캭! 하고 화를 냈습니다. 하지만 토라지로는 한 번도 그런 일이 없었지요. 얼마나 순한 고양이인지! 온통 감동의 연속이었습니다.

토라지로는 고양이답지 않은 면이 있었습니다. 남편은 자주 인형을 가지고 토라지로와 놀아 주는데, 그럴 때마다 토라지로는 본능을 마음껏 펼칩니다. 인형을 마구 물어뜯으며 사냥감의 숨통을 끊는 흉내를 내는 겁니다. 그 모습이 너무 재미나 보여서 슬쩍 다가가면, 갑자기 토라지로가 차렷 자세로 굳어버립니다. 아무리 인형을 살랑살랑 흔들어도 돌덩이처럼 움직이지 않지요. 이 수수께끼 같은 행동은 대체 뭘까요? 남편과 함께 추리해 봤을 때 결론은 이렇습니다. 평소 토라지로는 나를 가장 잘 따릅니다. 그래서 남편과 사이좋게 놀고 있는 모습을 내게 보이면 안 된다고, 미안한 일이라고 생각해 몸이 굳는 게 아닐까요? 그럴 때 토라지로의 표정은 마치 충성스러운 개가 주인 아닌 다른 사람에게 꼬리를 흔들다가 들킨 것처럼 멋쩍습니다. 나는 전혀 신경 쓰지 않는데 말입니다. 우리 집에서는 이 일을 '토라지로의 배려'라고 부르기로 했습니다.

아, 여태껏 토라지로의 고양이답지 않은 면에 대해, 그러니까 얼마나 말을 잘 듣고 배려심이 깊은지만 설명했네요. 대체 어디가 토라 씨를 닮은 건지 궁금할지도 모르겠군요. 물론 토라지로는 고양이다운 면도 아주 많습니다. 자유롭게 생활하는 모습을 볼 때 특히 그렇게 느끼지요. 원하는 시간, 원하는 장소에서 잠을 자고, 관심 받고 싶으면 솔직하게 표현하고, 혼자 있고 싶을 때는 망설임 없이 멀리 떨어집니다. 자기 기분을 속이지 않고 살아가는 토라지로를 보면 역시 고양이는 고양이구나 싶습니다. 배꼽시계가 정확해서 놀라기도 해요. 토라지로는 식사 시간이 되면 아무리 깊이 자고 있어도 벌떡 일어납니다. 그러고는 '밥 먹을 시간이지?' 하는 얼굴로 다가옵니다. 바빠서 밥 준비를 나중으로 미루면 '어째서?'라는 표정으로 항의하기도 하고, 울기도 하고, 살짝 깨물기도 합니다. 이런저런 방법을 쓰는데 그게 참 재밌습니다.

나는 일러스트레이터이고, 앞서 말했듯이 예민한 성격입니다. 일러스트를 그릴 때를 예로 들자면, 의뢰인이 눈치채지 못할 밀리미터 단위까지 신경을 곤두세웁니다. 그 미세한 차이를 조정하느라 하루를 다 보내는 날도 있습니다. 또 스스로가 인정하지 않으면 성에 차지 않습니다. 내 모든 능력을 한 곳에 쏟아붓고 마는 것이지요. 이런 성격이 도움이 될 때도 있지만, 일의 효율은 잘 오르지 않습니다. 게다가 늘 긴장 상태라 금방 지치기도 합니다.

집 안 인테리어도 마찬가지입니다. 디자인과 색에 굉장히 신경을 씁니다. 가구를 둘 때도 위치를 철저하게 계산한 뒤 배치하지요. 그러다 내 생각과 조금이라도 어긋나는 부분이 생기면 견디질 못합니다. 이런 와중에 결벽증까지 있어서 먼지 한 톨도 용납하지 않습니다.

이 모든 것이 나를 위한 일이며 무의미하지 않다고 믿었지만, 어느 순간 깨달았습니다. 나는 나 스스로가 일하는 방식과 삶에 지쳐 있었습니다. 예민한 만큼 화도 잘 냈습니다. 남편이 물건을 정리하지 않거나, 방을 어지럽히거나, 일러스트가 생각대로 그려지지 않으면 금세 화가 치밀어 신경이 날카로워졌습니다.

그런데 토라지로가 온 뒤로 내 생활이 바뀌었습니다. 토라지로는 놀고 싶어지면 전혀 눈치를 보지 않았어요. 내가 일을 하고 있어도 전혀 상관하지 않고 "야오옹-" 하고 말을 걸어왔지요. 그러면 무심코 토라지로 쪽을 돌아보느라 집중력이 흩어져 버립니다. 아니면 토라지로가 아무 소리 없이 있는데도 문득 '뭘 하고 있을까?' 하고 신경이 쓰이기도 하죠. 그럴 때는 토라지로를 찾으러 자리에서 벌떡 일어납니다. 집중력이 흩어진다거나 신경을 빼앗긴다는 말은 부정적인 이야기지만, 예민한 내게는 되려 좋은 기분전환이 되었습니다.

인테리어에 대한 생각도 크게 달라졌습니다. 고양이를 길러본 사람이라면 알겠지만, 고양이는 털갈이할 때가 아니어도 털이 빠집니다. 아무리 청소를 해도 털이 날아다니고 소파나 옷에도 잘 달라붙지요. 토라지로가 뛰어 놀고 돌아다니는 바람에 마룻바닥과 소파는 흠투성이가 되었습니다. 이제는 집 안이 늘 반짝반짝 빛나지도, 깨끗하지도 않습니다. 무엇보다 토라지로의 안전을 최우선으로 여기다 보니 세세한 가구 배치에 집착하지 않게 되었어요. 토라지로가 부딪쳐 다치는 게 더 싫었으니까요.

이렇게 생활 방식을 바꾸고 나니 생각 외로 편했습니다. 시간에 쫓기며 바쁘게 일만 하는 게 아니라, 잠시 잠깐 숨을 돌리는 여유가 생긴 것이죠. 또 인테리어가 완벽하지 않아도 신경 쓰지 않게 되었어요. 우리 부부와 토라지로가 마음 편히 지낼 수만 있다면 아무 문제 없으니까요. 짜증을 내는 횟수도 줄었습니다. 물론 지금도 화를 내거나 우울해지는 등 부정적인 감정의 영향을 받을 때가 있습니다. 그러면 토라지로가 잽싸게 눈치를 채고 '무슨 일이야?'라는 표정으로 바라봅니다. 나는 토라지로가 묘한 얼굴로 고개를 갸웃거릴 때면 퍼뜩 자신을 돌아보며 심호흡을 합니다. 이렇게 하면 짜증이 가라앉고 스트레스도 해소되기 때문입니다. 내가 '일도 적당히 하는 게 좋다'고 생각하게 될 줄이야! 다 토라지로 덕분입니다. 나는 지금의 이런 생활이 몹시 즐겁습니다.

토라지로와 지내고 나서 '있는 그대로의 내 모습'이 보이기 시작했습니다. 그리고 그런 자신을 솔직하게 받아들일 수 있게 되었지요. 너무 애쓰지 않고 적당히 한다는 게 나쁜 일이 아니라는 것도 알았습니다. 아직도 코로나 사태가 계속되고 있습니다. 지금이야말로 '무리하게 열심히 하지 않아도 괜찮다'고 생각할 때입니다. 그래야 부정적인 기분을 떨쳐 낼 수 있을 테니까요. 많은 깨달음을 선사해 준 토라지로에게 고마울 따름입니다.

앞으로도 남편과 나, 토라지로는 즐겁게, 그리고 적당히 살아가려고 합니다.

| | |
|---|---|
| **이 름** | 토라지로 |
| **나 이** | 네 살 |
| **성 별** | 수컷 |
| **종 류** | 아메리칸 숏헤어 |
| **성 격** | · 말귀가 밝음<br>· 집 안에서는 활동적, 밖에 나가면 내성적 |
| **특 기** | · 배꼽시계가 정확함<br>· 장난감을 던지면 앞발로 받을 수 있음 |
| **좋아하는 것** | 어릴 적부터 가지고 놀던 물고기 인형 |

당신에게 고양이란?

깨달음을 선사해 준 작은 요정

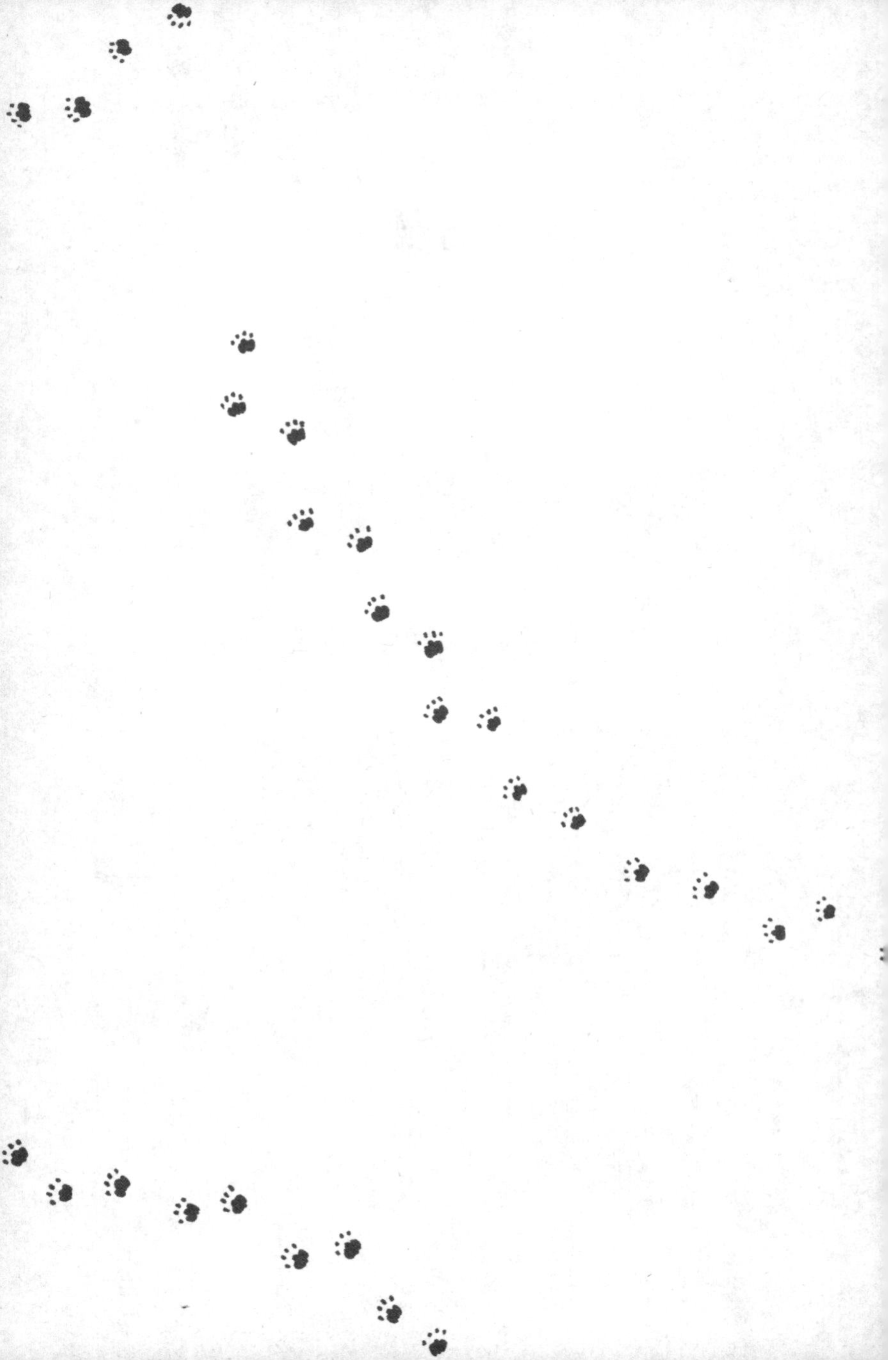

## episode 2

# 벚꽃 귀 차미

“ 무슨 맛이었더라? 맛은 잊었지만
배불렀던 기억은 남아 있어. ”

10년 전만 해도 도시의 길거리를 어슬렁대는 고양이가 자주 보였습니다. 꼭 길고양이만이 아닙니다. 주인 있는 고양이도 집 안과 밖을 자유롭게 오가며 지냈습니다. 지금은 반려묘를 혼자 내보내지 않고 실내에서 키우는 게 일반적입니다. 교통사고나 질병, 학대 등의 위험에서 지키기 위해서입니다. 혹은 반려묘의 배설물로 생길 수 있는 이웃 간의 갈등을 피하기 위해서이기도 하지요. 그러다 보니 요사이 밖을 돌아다니는 고양이는 거의 길고양이 혹은 지역 고양이(지역 주민이 공동으로 사육하고 관리하는 고양이-옮긴이)뿐입니다.

길고양이와 지역 고양이는 둘 다 주인이 없다는 점은 같습니다. 다만 지역 고양이는 주민과 봉사자, 행정 공무원이 힘을 합쳐 중성화 수술을 한 뒤 원래 살던 장소로 데려다 놓습니다. 고양이 수가 늘지 않게 적절히 관리하는 거지요.

지역 고양이인지 아닌지는 귀를 보면 알 수 있습니다. 지역 고양이는 중성화를 했다는 표시로 한쪽 귀 끝이 살짝 V자로 잘려 있으니까요(지역에 따라 C자인 곳도 있습니다). V자로 잘린 귀는 그 모양새가 벚꽃 잎 같아서 '벚꽃 귀'라고도 불립니다. 그래서 '벚꽃 귀(를 가진 고양이)', '벚꽃 고양이'라고 하면 지역 고양이 얘기라는 걸 알 수 있습니다.

이 '벚꽃 귀' 고양이와 만나 행복한 관계를 쌓아 가는 사람도 있습니다. 갑자기 나타났다가 사라지는 지역 고양이들과의 인연은 때로는 기쁨을, 때로는 슬픔을 안겨준답니다.

## 3년 동안 기다린 고양이

여러분은 '개 파'인가요, 아니면 '고양이 파'인가요? 자주 논쟁거리가 되는 주제입니다. 누군가 내게 물으면 예전에는 망설임 없이 개 쪽을 선택했습니다. 그런데 언제부턴가 어느 쪽이 더 좋은지 우열을 가릴 수 없게 되었어요. 오렌지색 털을 가진 고양이와의 만남이 그 계기였습니다.

지금으로부터 5년 전 크리스마스 날. 그때 나는 오랫동안 함께한 반려견을 떠나보낸 슬픔을 지우지 못한 채였습니다. 5년이 지났는데도 다른 개를 맞이할 자신이 없었습니다. 하물며 고양이에게는 눈길도 주지 않았지요. 우리 집 마당을 지나가는 고양이를 몇 번 본 적은 있었지만 거의 관심을 두지 않았습니다.

그런데 그날, 웬 오렌지색 고양이가 마당에 오도카니 앉아 있었습니다. 그 모습이 우연히 눈에 띄었어요. 지금까지 관심을 가진 적도 없었고, 먹을 것을 준 적도 없었는데 크리스마스라서 그랬을까요? 무언가 선물을 주고 싶다는 생각이 들었습니다. 하지만 우리 집에 고양이 밥이 있을 리가 없었습니다.

"고양이가 먹을 만한 게 뭐가 있을까……."

나는 식료품 선반에서 찾은 말린 멸치 두세 마리와 가다랑어 통조림을 섞어서 그릇에 담아 보았습니다. 그리고 고양이 근처에 슬쩍 그릇을 내려 놓았습니다. 도망칠 줄 알았던 고양이는 나를 의심스러운 눈으로 보면서도 그 자리에서 꼼짝하지 않았습니다. 고양이는 곧 허겁지겁 밥을 먹기 시작했어요.

"어, 사람이 익숙한가 보네. 어느 집에서 키우는 애인가?"

하지만 목걸이를 차고 있지는 않았습니다. 자세히 보니 오른쪽 귀 끝이 살짝 V자로 잘려 있었습니다. V자로 잘린 귀는 중성화 수술을 마친 지역 고양이의 표시였습니다. 나도 그 정도는 대충 알고 있었지요. 오렌지색 고양이는 밥만 깨끗이 먹어 치우고 내게는 눈길도 주지 않았습니다. 그러더니 어딘가로 훌쩍 모습을 감추었습니다. 그래도 나는 아무렇지 않았어요. 맛있게 밥을 먹는 모습이 보기 좋아서 그것만으로도 만족했기 때문이었죠.

"또 오면 좋으련만."

그런데 다음 날도, 그다음 날도 고양이는 오지 않았습니다. 지금까지 한 번도 고양이에게 관심을 가진 적이 없었는데, 갑자기 신경이 쓰이기 시작했습니다.

밥을 준 지 5일째 되던 날. 근처 슈퍼마켓에서 장을 보고 돌아오는 길이었습니다. 우리 집에서 조금 떨어진 장소에서 내 쪽을 향해 걸어오는 고양이가 보였습니다. 마당에서 본 오렌지색 고양이였어요. 고양이는 새침한 얼굴로 내 옆을 지나가려 했습니다.

"우리 집에 또 밥 먹으러 와."

나도 모르게 소리 내서 말을 걸었습니다. 그 소리를 들었는지 아닌지는 알 수가 없었습니다. 고양이는 내 쪽을 힐끔 보는가 싶더니 그대로 가 버렸습니다.

"전에 봤던 오렌지색 고양이랑 우연히 만났어. 또 오라고 말은 했는데……."

나는 가족들에게 무슨 일이 있었는지 말했습니다.

"그걸 알아듣고 올 리가 있겠니?"

가족들은 웃음을 터트렸습니다. 나 역시 "그렇겠지? 다른 집에서 밥을 얻어먹고 있을지도 모르고." 하고 모두와 같은 생각을 했습니다.

그런데 다음 날, 놀랍게도 오렌지색 고양이가 마당에 불쑥 나타났습니다. 나는 "어제 내가 한 말을 기억해 줬구나?" 하고 감동하고 말았습니다. 또다시 말린 멸치와 가다랑어를 섞어주며 성대한 환영식을 열었지요. 그때 어째서인지 앞으로는 고양이가 매일 올 것 같다는 예감이 들었습니다. 마침 12월의 마지막 날이었습니다. 나는 그해의 마지막 장을 보러 가서 쇼핑 카트에 제일 먼저 고양이 간식을 담았습니다.

내 예감이 들어맞았습니다. 새해가 되자마자 오렌지색 고양이는 거의 매일 같이 밥을 먹으러 왔습니다. 내가 없을 때는 다른 가족들이 밥을 주기도 했지요. 언젠가부터 우리 집에서 그 고양이를 '챠미'라고 부르기 시작했습니다.

챠미는 수컷일까요, 암컷일까요? 중성화 수술을 마친 후라 겉모습만 보고는 구분이 힘들었습니다. 어떤 책에서 밝은 노란색 털을 가진 고양이는 수컷이 많다는 내용을 읽은 적이 있어서 수컷 같다는 추측만 했습니다. 나이는 몇 살일까요? 역시나 알 길이 없었습니다. 털이 풍성했지만 푸석푸석한 걸 보면 아주 어린 고양이는 아닌 것 같았어요.

챠미가 우리 집을 오가게 된 뒤로 한 달이 지났습니다. 그 무렵부터 챠미는 내 발치에 머리와 몸을 비벼왔습니다. 그리고 쓰다듬을 수 있게 허락해 주었어요. 챠미와의 거리가 확 좁혀진 느낌이었습니다. 시간이 갈수록 어리광도 자주 부렸고, 마당 쪽 창문을 열어 두면 자유롭게 집 안으로 들어오기도 했습니다. 챠미는 아침저녁으로 두 번 밥을 먹으러 왔어요. 밥을 먹은 뒤에는 휴식 시간을 가졌지요. 발랑 뒤집어져 있는 챠미를 쓰다듬으면 목을 갸르릉거리며 애교를 부렸습니다. 겨울이 다가와 날이 추워지자 챠미는 내 무릎 위로 올라와 잠을 청했습니다. 무릎 위에서 폭신폭신한 감촉과 온기가 전해졌습니다. 반려견을 잃은 뒤 오랜만에 찾아온 행복한 한때였습니다.

그런데 챠미는 방 안에 둔 고양이용 침대와 내 무릎 위에서 잠깐 눈을 붙이기는 해도, 다음 날까지 자고 가지는 않았습니다. 밤이 되면 반드시 밖으로 나갔어요. 가끔은 4~5일 정도 모습을 보이지 않아서 온 가족이 걱정한 적도 있었지요. 그러다 며칠 뒤 불쑥 나타나면 가슴을 쓸어내리며 안도의 한숨을 쉬었습니다. 이런 일들이 약속이라도 한 듯이 되풀이되었습니다.

챠미와의 하루하루가 흘러갔습니다. 반려견과의 이별을

경험했던 나는 어렴풋하게 느끼고 있었는지도 모릅니다. 나이가 썩 적지 않은 챠미와 이별할 날이 머지않았음을 말이에요. 챠미가 우리 집을 들락날락하게 된 지 2년째 되던 해였습니다. 일주일이 지나도록 챠미가 나타나지 않았습니다. 여태까지 한 번도 없었던 일이었지요.

"어떻게 된 거야? 어디서 교통사고라도 당한 거 아냐?"

"다쳐서 못 움직이고 있으면 어쩌지."

"사람을 잘 따르고 애교도 많으니까 다른 집에서 지내고 있을지도 몰라."

좋은 상상과 나쁜 상상이 번갈아 가며 머리를 스쳤습니다. 나는 가족과 함께 챠미를 계속 기다렸습니다. 하지만 2주가 지나고 3주가 지나도 챠미는 돌아오지 않았습니다. 인터넷을 찾아보니 행방불명된 고양이가 몇 달 뒤에 홀연히 돌아왔다는 이야기가 많았습니다. 고양이를 잘 아는 친구도 "잊어버릴 때쯤에 돌아오기도 해." 하고 위로해 주었습니다.

그때, 인터넷에서 고양이가 돌아오는 주문을 발견했습니다.

*이제 떠나도 이나바 산봉우리 소나무처럼 기다린다 하시면 바로 돌아오겠소*

먼저 『백인일수』에 실린 노래이자 유키히라의 시구절 '이제 떠나도 이나바 산봉우리 소나무처럼' 을 종이에 씁니다. 그런 뒤 고양이가 쓰던 밥그릇을 거꾸로 뒤집고, 안에 시를 쓴 종이를 넣어 두는 것입니다. 고양이가 돌아오면 남은 구절을 마저 써서 불태우면 된다고 했습니다.

이 주문 덕분에 집 나갔던 고양이가 돌아왔다는 경험담이 적지 않았습니다. 그래서 나도 속는 셈 치고 해보기로 했지요. 나는 챠미가 쓰던 하얀 도자기 그릇을 언제나 밥 먹던 장소에 뒤집어 놓고 그 안에 시구절을 쓴 종이를 넣어 두었습니다.

그릇을 그대로 둔 지 반 년이 흘렀지만 챠미는 돌아오지 않았어요. 나는 그릇을 볼 때마다 점점 더 슬퍼져서 결국 다 치워 버리고 말았습니다.

챠미가 사라진 뒤 벌써 3년이 흘렀습니다. 처음 만났을 때 이미 나이가 적지 않았으니 수명을 다했을지도 모릅니다. 하지만 어쩌면, 어디선가 누군가에게 귀여움을 받으며 살고 있을지도 모르지요. 나는 이런 상상도 해봅니다. 잠시 세워 둔 트럭 짐칸에서 챠미가 잠이 든 겁니다. 그러다 트럭이 출발해 모르는 곳으로 실려 갔다는 상상을 말입니다.

지금도 마당을 보고 있으면 챠미가 불쑥 나타날 것만 같습니다. 가끔 스마트폰에 남아 있는 챠미의 사진을 향해 “우리 집에 또 밥 먹으러 와.” 하고 소리 내 말합니다. 하지만 내 목소리가 아직 챠미 귀에는 닿지 못했나 봅니다.

**이 름** 챠미

**나 이** 성묘~노묘(나이 불명)

**성 별** 아마도 수컷

**종 류** 믹스(오렌지색 털)

**성 격** 겁 없고 사람을 잘 따름

**특 기** 생쥐나 작은 새, 벌레 잡아서 모아 두기

**좋아하는 것** · 털 빗기

· 생선회(붉은 살과 흰 살을 가리지 않음)

당신에게 고양이란?

행복과 따듯함의 결정체

## episode 3

# 어머니와 긴짱의 정원 산책

“ 사실 정원보다는,
함께라는 게 좋았는데. ”

노인과 고양이는 서로 잘 맞는다고 합니다. 고양이는 갑작스러운 움직임에 위협을 느끼는데, 그래서 노인 특유의 느긋한 행동거지와 다정한 말투를 편하게 받아들이나 봅니다. 노인 역시 옆에 고양이가 있으면 마음의 평온을 얻을 수 있겠지요. 더욱이 나이 든 고양이라면 서로 생활 패턴도 잘 맞을 겁니다.

노년에 접어들면 하루하루 자극이 줄어들기 마련입니다. 단조로운 일상을 반복하는 사이 뇌도 늙어 버리게 되지요. 그런데 노인들이 고양이와 함께 지내면서 활기를 되찾는다는 이야기, 들어본 적 없나요? 고양이를 안거나 쓰다듬으면서 적절한 자극을 받고, 그 자극이 뇌의 활성화로 이어진다고 합니다. 치매 예방에도 도움이 되는 모양이고요. 개나 고양이 같은 동물과 접할 때 분비되는 옥시토신은 일명 '행복 호르몬'이라는 별명이 있습니다. 행복감과 안정감을 주기 때문입니다. 그래서 병원과 요양 시설에서는 동물과의 상호작용을 활용한 '애니멀 테라피'를 도입하기도 합니다. 보통은 치료를 위해 강아지를 훈련시키는 게 일반적이지만 고양이도 늘어나고 있답니다. 이렇게 고양이와 노인은 서로를 행복하게 만드는 관계입니다.

치매에 걸린 어머니, 간병하느라 지친 딸, 그 둘을 계속 보듬고 치유한 고양이. 지금은 천국에 함께 있는 어머니와 고양이를 떠올리며 보내온 에피소드입니다.

## 치매 어머니가 사랑한 고양이

긴짱이 열여덟 살의 나이로 세상을 떠난 지 벌써 6년이 지났습니다. 18년을 함께 지낸 만큼 추억도 가득 쌓인 가운데 특히 잊히지 않는 기억이 있습니다. 바로 긴짱과 어머니의 일입니다.

긴짱은 내 첫 고양이었어요. 이웃집에 새끼 고양이 다섯 마리가 태어나 보낼 곳을 찾는다고 해서 "그럼 우리 집에서 한 마리 기를게요." 하고 나섰었죠. 그 고양이가 바로 긴짱이었습니다. 실은 이웃분이 말을 꺼내기 전날 밤, 새끼 고양이를 기르는 꿈을 꾸었습니다. 그래서 새끼 고양이 이야기를 듣자마자 운명적인 인연을 느낀 것입니다. 긴짱(銀을 일본

식으로 읽은 소리인 '긴'과 친근한 호칭인 '짱'의 조합-옮긴이)은 이름을 보면 짐작할 수 있듯이 매끄러운 은빛 털이 예쁜 고양이였습니다.

어린 시절, 긴짱은 퇴근한 내가 지쳐 누워 있으면 곧장 가슴 위로 기어 올라왔습니다. 그런 뒤 몇 초 지나지 않아 바로 깊은 잠에 빠지고는 했지요. 내 턱 아래에 놓인 긴짱의 얼굴과 새근새근 들려오는 숨소리, 그리고 콧바람을 타고 느껴지는 온기가 얼마나 기분 좋던지. 지금도 기억이 생생합니다. 긴짱은 특기도 있었습니다. 뒷발로 서서 옆걸음질 치며 통통통…… 뛰는 것이었지요. 개그맨 하기모토 킨이치가 우스꽝스럽게 옆으로 달리는 '킨짱 달리기'와 꼭 닮은 모습이었습니다. 그럴 때마다 나와 어머니는 "긴짱이 킨짱 달리기를 하네?" 하며 웃었습니다.

또 긴짱은 먹보였습니다. 잠시 한눈을 팔면 사람이 먹는 음식도 노리고는 했으니까요. 먹지 못하게 신경을 쓰긴 했지만, 식탁에 올려 둔 감자튀김을 물고 도망갔던 적이 딱 한 번 있었죠.

그런 긴짱이 한 살이었을 때, 원인 모를 구토를 계속하는 바람에 식욕이 떨어지고 바싹 야윈 일이 있었습니다. 동물병원에 데려가 이런저런 검사를 해봐도 별다른 이유를 알 수 없었어요. 다행히 한 달간의 입원 끝에 긴짱은 다시 건강해져 집으로 돌아왔습니다. 낮에는 내가 회사 일로 밖에 나가 있어서 긴짱이 어머니 무릎 위에서 어리광 부리는 일이 빈번해졌는데, 아마 둘이 점점 사이가 좋아진 게 그쯤이었던 듯합니다.

긴짱이 열여섯 살을 맞이할 무렵, 어머니에게 치매 증상이 나타났습니다. 처음에는 같은 이야기를 몇 번씩 되풀이하거나 했던 말을 잊어버리는 게 나이 때문이라고 생각했어요. 젊었을 때부터 어머니는 일어나는 시간, 장 보러 가는 시간 등 일과를 계획하고, 그대로 움직여야 성이 차는 성격이셨죠. 그런데 그 일과가 서서히 무너지기 시작하면서 무언가 이상하다는 느낌이 들었습니다. 전에는 자주 친구를 만나셨지만 더는 그러지 않게 되셨습니다. 혼자 전차를 타기가 불안하셨던 겁니다. 당연히 행동 범위도 좁아졌습니다. 가까운 슈퍼마켓에서 장을 보기는 했지만, 요리를 점점 꺼리시게 되었습니다. 냉장고에 돼지고기와 생강이 있어서 생강구이를 하시려나 싶었는데, 식탁에 올라오지 않는 일도 잦아졌어요. 어머니는 날이 갈수록 물건을 어디에 두었는지도 쉽게 잊어버리셨습니다. 주전자에 물을 올리고 까맣게 잊어 뒤늦게 눈치챈 내가 불을 끈 적도 있었지요.

결국 어머니는 우울감에 빠져 근처로 장을 보러 나가지도 않게 되셨습니다. 집에만 틀어박혀 계신 것이었습니다. 하지만 어머니의 긴짱에 대한 애정만은 변함이 없었습니다. 이 무렵 우리 집에는 다른 고양이 한 마리도 함께 살고 있었어요. 고양이들은 보통 2층에 있는 내 방에서 지냈는데, 아침에 방문을 열면 긴짱은 1층의 어머니 방으로 후다닥 뛰어나갔습니다. 그러고는 어머니 곁에 찰싹 달라붙어 떨어지지 않았지요. 어머니 역시 자신을 따르는 긴짱에게 사랑을 쏟았습니다.

그전까지는 어머니도 나도 긴짱을 현관 밖으로 내보내지 않았지만, 어느덧 긴짱도 열일곱 살이 되니 집 담장을 뛰어넘어 가출하지는 않겠다 싶었습니다. 그래서 일광욕 겸으로 정원에 나가게 해주었더니, 무척 좋아하는 모습을 보였습니다. 그때부터 긴짱은 정원에 나가고 싶어지면 거실에 있는 어머니에게 "야옹~" 하고 어리광 부리듯 울었어요. "정원에 내보내 줘~" 하고 졸라대는 것 같았지요. 치매가 심해져 TV나 신문을 봐도 내용을 이해하기 힘든 어머니께 긴짱과 함께하는 정원 산책은 좋은 기분전환이었습니다. 그런 어머니와 긴짱을 보며, 일과 어머니 간병으로 녹초가 된 나 역시 위로를 받았습니다.

나는 그 당시 매일매일 바쁜 하루를 보내고 있었기 때문에 고양이들을 돌볼 시간이 없었습니다. 빗질할 때도 후딱 끝내기 일쑤였죠. 하지만 어머니는 느긋하고 상냥하게 빗질해주셨어요. 그래서 긴짱은 내가 아닌 어머니의 빗질을 더 좋아했지요. 또 어머니는 긴짱을 위해 욕실로 가서 물을 틀었다가 잠그는 수고를 도맡아 주시기도 했습니다. 긴짱이 욕실 수도꼭지 물을 마시는 걸 좋아했기 때문입니다. 어머니는 고양이들과 정말 사이가 좋았습니다.

어머니가 유방암 수술을 받으신 건 그해였습니다. 암이 이미 전이된 걸 알게 된 건 더 나중이었어요. 어머니는 체력적으로도 점점 더 약해져 가셨습니다. 긴짱은 집에서 안정을 취하는 어머니께 기운을 불어넣어 주듯, 떨어지지 않고 곁에서 함께해 주었지요.

그런 긴짱도 열여덟 살을 맞이할 무렵, 지병인 당뇨가 심해졌습니다. 동물병원에 입원했지만 이제 얼마 남지 않았다고 해, 마지막은 집에서 보내야겠다 싶어 데리고 돌아온 다음 날 아침, 긴짱은 세상을 떠났습니다. 어머니는 마지막 순간까지 계속 긴짱을 다정하게 쓰다듬어 주셨죠. 어머니는 오랜 세월 내 할아버지와 아버지를 간병해 왔었는데, 긴짱이 떠난 날 이렇게 말씀하셨습니다.

"부모나 남편을 먼저 보냈을 때는 슬퍼도 울지 않았는데, 지금은 눈물이 나는구나."

그러면서 눈물을 뚝뚝 흘리시던 모습이 지금까지 잊히지 않습니다.

그날 오후, 절에서 긴짱의 장례식을 치렀습니다. 보통은 외출하지 않는 어머니도 자리를 함께하셨지요. 장례식이 다 끝나도록 어머니의 눈물은 멈출 줄 몰랐습니다. 그 뒤로도 어머니는 한참 동안 쓸쓸해하셨습니다. 그리고 2년 반 후, 어머니도 긴짱이 있는 곳으로 떠나가셨습니다. 긴짱은 분명 어머니를 보자마자 후다닥 뛰어가 옆자리를 차지하고 앉았을 겁니다. 매일 아침 그랬던 것처럼. 어쩌면 함께 산책하고 있을지도 모릅니다.

한 사람과 한 마리 고양이가 산책하던 우리 집 정원이 지금은 텅 비어 있습니다.

| | |
|---|---|
| **이 름** | 긴 |
| **나 이** | 향년 열여덟 살 |
| **성 별** | 수컷 |
| **종 류** | 믹스(회색과 흰색 털) |
| **성 격** | 태평하면서도 심지가 굳음 |
| **특 기** | · 새끼고양이 시절에는 '킨짱 달리기' |
| | · 주인 머리맡에서 함께 자기 |
| **좋아하는 것** | 튀김 기름이 남은 접시 핥기 |

당신에게 고양이란?

어머니와 나를 지켜 준 든든한 동료

# episode 4

# 서로 사랑했던 아버지와 챠코

“ 아빠를 데려갈 거면
나도 데려가. ”

집에 낯선 사람이 찾아오면 꼭꼭 숨어 나오지 않는, 경계심 강한 고양이를 '환상 고양이'라고 합니다. 정말 있는지 없는지 모른다는 뜻이지요. 다 큰 고양이 중에는 주인에게 쉽게 마음을 내주지 않거나, 밥을 먹을 때 말고는 조용히 숨어 지내는 아이도 있다고 합니다. 그렇다고 해서 평생 사람을 피하는 것은 아닙니다. 꾸준히 돌보다 보면 점점 경계심도 풀리고 마음도 열리기 마련입니다. 낯가림이 심하고 경계심 강한 고양이일수록, 한 번 마음을 열면 상대를 끝까지 믿고 사랑하지요. 애정을 주는 범위가 좁지만 그만큼 애정의 깊이가 깊으니까요.

한편 주인들은 고양이가 자기를 믿고 의지하는 모습에 기뻐합니다. 받은 사랑을 그만큼 돌려주고 싶어 하는 것이지요. 많은 이들이 자발적으로 고양이에게 헌신하는 이유가 바로 여기에 있습니다.

낯가림 심하고 겁 많은 한 새끼 고양이가 있었습니다. 자기를 거두어 준 가족 중 아버지를 특히 따랐고 어디를 가든 함께했습니다. 아버지가 병으로 쓰러진 뒤에는 홀로 남은 어머니의 버팀목이 되었습니다. 이번 에피소드는 노부부와 고양이가 주고받은 사랑 이야기입니다.

## 아버지, 마당에서 잠든 새끼 고양이를 발견하다

언젠가의 장마 무렵으로 기억합니다. 나는 제대로 된 직업을 갖기 전에 5년 정도 집에서 지냈고, 2년 전부터는 독립해서 혼자 살고 있었습니다.

"마당에 고양이가 떨어져 있지 뭐니. 우리가 기르기로 했어."

어머니에게 그런 전화가 왔습니다. 지난해, 집에서 기르던 고양이가 열다섯 살의 나이로 눈을 감았습니다. 환갑을 넘긴 부모님께 고양이 없이 보낸 지난 반년은 긴 시간이었을 겁니다.

사건은 두 분이 적적해하시던 참에 일어났습니다. 우리

집은 넓은 마당이 딸린 오래된 가옥이었습니다. 마당 한쪽에는 차고 및 창고로 쓰는 공간이 있었죠. 낡은 방석을 차곡차곡 쌓아 두고 보관하는 곳이었습니다. 어느 날 밭일을 마치고 돌아온 아버지가 창고에서 고양이를 발견하셨습니다. 방석 더미 위에 누워 새근새근 잠든 새끼 고양이를 말입니다. 눈을 뜬 새끼 고양이에게 "이리 오렴." 하고 불렀더니 따라오더라, 현관문 앞에서 들어오라고 하자 기다렸다는 듯 휙 들어오더라, 전에 남은 고양이 사료를 줘 봤더니 와작와작 먹더라, 그대로 집에서 기르기로 했다……. 어머니의 이야기는 그랬습니다.

"자기가 발견해서 그런가? 얼마나 애지중지하는지 몰라."

너희 아버지가 '챠코'라고 이름 붙였어. 어머니는 그렇게 말하며 웃으셨습니다.

'우리가 고양이를 키웠던 걸 알고 누군가 새끼 고양이를 버리고 간 게 아닐까?'

나는 속으로 그렇게 생각했습니다. 하지만 '하늘에서 뚝 떨어졌다.', '아버지가 주웠다.'라며 신이 나서 떠드는 부모님을 보고 있으니 아무려면 어떠냐 싶었습니다.

그런데 이 챠코라는 고양이 말입니다. 보통내기가 아니었습니다. 얼마나 경계심이 강하던지! 아무리 부모님 집에 얼굴을 내밀어도 좀처럼 모습을 보여주지 않았습니다. 나는 몇 번의 실패를 되풀이한 끝에 하룻밤 자고 가기로 했습니다. 그제야 챠코는 '아직도 안 갔어?' 하는 얼굴로 마지못해 나타났습니다. 물론 내가 있는 곳을 피해 멀리 돌아가면서 거리를 유지하긴 했지만요. 챠코가 오고 나서 2년 뒤 내가 결혼한 후, 남편도 종종 친정에 들렀지만 챠코는 여전히 모습을 보여주지 않았습니다. 우연히 눈에 띄면 "오늘은 챠코를 봤어." 하고 남편이 말할 정도였습니다.

하지만 아버지와 어머니는 잘 따랐습니다. 특히 아버지를요. 아버지는 건강 문제로 이미 회사를 그만둔 상태였습니다. 가족과 친척들이 먹을 만큼만 쌀과 채소 농사를 짓고 계셨지요. 그만큼 생활에 시간적 여유가 있었습니다. 시간제 근무를 하시던 어머니보다도 집에 있는 시간이 길었으니까요. 그래서 챠코와 보내시는 시간도 많았습니다. 챠코는 늘 아버지 뒤를 쫄래쫄래 따라다녔어요. 아버지가 소파에 앉으면 자기도 그 옆에 누웠고, 식사 시간에는 아버지 의자 근처에서 진을 치고 기다렸지요. 아버지가 마당에서 나무에 물을 주면 그 주변을 어슬렁거렸습니다. 아버지도 아버지대로 챠코가 보이지 않으면 "챠~코, 챠코." 하고 소리 내 불렀습니다. 그 목소리가 얼마나 다정했는지 모릅니다. 이웃집 아주머니가 "저 양반이 그런 소리 내는 건 처음 들었어."라며 웃을 정도였습니다.

"챠코는 당신이 발견한, 당신 고양이니까요."

어머니의 말에 아버지도 싫지 않은 표정이셨습니다. 이전에도 쭉 집에서 고양이를 기르기는 했습니다. 하지만 회사 일을 하시던 아버지는 고양이를 만날 시간이 적었지요. 굳이 따지자면 할머니나 어머니를 따르는 아이들이 많았습니다. 아버지에게 챠코는 노년에 이르러 겨우 만난 '내 고양이'였던 겁니다. 챠코 이야기를 하는 아버지는 생기가 넘치셨습니다. 아버지와 챠코는 서로 사랑하는 사이였습니다.

부모님과 함께 여행을 가거나 외식을 할 때 아버지는 늘 "챠코는 뭘 하고 있을까?", "챠코가 기다릴 테니 빨리 돌아가자."라며 걱정하셨습니다. 귀가하면 챠코가 불만 어린 목소리로 야옹야옹 울면서 모습을 드러냈습니다. '우리 아빠 데리고 어디 갔었어?' 하고 말하려던 걸까요? 그때마다 나는 챠코에게 "미안, 미안해."라고 사과를 했습니다. 왠지 몰라도 그래야 할 것 같았지요.

챠코와 가족이 된 지 11년에서 12년이 지났을 때쯤. 아버지의 건강이 갑자기 나빠졌습니다. 지병이 있으신 데다 다리와 허리까지 안 좋아져 거의 소파에만 앉아서 지내시게 되었습니다. 아주 가끔 마당에 나가시는 게 고작이었습니다.

그렇게 몇 년이 흐르고 어느 가을날, 어머니에게 연락이 왔습니다. 아버지가 뇌경색으로 입원했다는 전화였지요. 처음에는 의식이 또렷해 심각하지 않은 줄 알았는데, 입원 도중 몇 차례 뇌출혈이 일어났고, 결국 위험한 상태에 빠져 머리를 열고 수술하게 되셨다는 것이었습니다. 수술 날, 급히 달려온 나와 남동생은 어머니와 함께 새벽 3시까지 병원에 머물렀습니다. 수술이 끝나고 우리 셋이 기진맥진해 집으로 돌아왔을 때였어요. 깜깜한 어둠 속에서 챠코가 조용히 모습을 드러냈습니다. 평소였다면 시끄러울 정도로 목소리를 높였을 텐데……. 그게 못내 이상했던 기억이 어렴풋하게 납니다.

아버지가 입원해계시는 동안 어머니는 하루도 빠짐없이 병원에 얼굴을 내미셨습니다. 의식이 없으신 아버지께 "챠코는 잘 있어요." 하고 말을 걸면 조금이나마 반응이 돌아왔지요. 얼마 후 그마저도 효과가 없어졌지만요. 이런 와중에도 챠코는 배가 고프면 밥을 달라고 떼쓰고, 쓰다듬으라고 재촉하며 평정심을 유지했습니다. 어머니는 "얘도 참, 손이 많이 간다니까." 하고 잔소리하시면서도 변함없는 챠코를 보며 위로받으신 듯합니다.

1년 반의 입원 끝에 아버지가 돌아가셨습니다. 3월의 어느 추운 날이었습니다. 숨이 끊어진 아버지를 뒤로하고 집에 돌아왔을 때, 챠코가 어땠는지 잘 기억나지 않습니다. 장례를 치르고, 49재를 지내고, 처음 맞이하는 명절 제사 준비가 이어졌습니다. 나도 어머니도 남동생도 눈코 뜰 새 없이 바빴지요.

문득 깨닫고 보니 챠코의 몸이 훌쩍 작아져 있었습니다. 성격도 순해져서 나나 남편이 쓰다듬어도 목을 울리며 좋아했습니다. 어머니와 내가 외출하고 남편이 집을 지키는 날에도 챠코는 남편 곁에 쭉 붙어 있었고, 저녁도 같이 먹었습니다. 아버지가 떠나자 사람의 정이 그리워진 걸까요? 챠코는 늘 누군가와 함께 있고 싶어 했습니다.

1년이 조금 넘게 지나자 챠코는 빠르게 늙어 갔습니다. 여름 무렵부터는 전혀 먹지 않는 날들이 이어졌지요. 먹기만 하면 뭐든 좋겠다고 생각해 기호성 좋은 간식도 줘 봤지만, 입에 댈 때도 있고 대지 않을 때도 있었습니다. 어머니도 여기저기 수소문해 챠코가 좋아할 만한 고양이 통조림을 찾아보셨습니다. 하지만 식욕은 돌아오지 않았습니다. 우리 둘은 "올해 여름을 넘기지 못할지도 몰라." 하고 조용히 각오를 굳혔습니다. 그런데 챠코는 여름을 버텨내고 가을을 맞이했습니다. 이때부터는 거의 종일 잠만 잤고 대소변 실수도 잦아졌습니다. 그래도 어머니가 곁에 오면 야옹 하고 울었지요. 10월도 절반이 지나가고 추워질 무렵. 어머니가 챠코에게 이야기했습니다.

"곁에 있어 줘서 고마웠어. 이제 괜찮아.

……그이 곁으로 가도 된단다."

챠코가 희미하게 고개를 끄덕였습니다. 그리고 다음 날, 조용히 세상을 떠났습니다.

"힘내서 오래오래 살아달라고 했으면 지금도 살아 있었을지 몰라."

지금도 가끔 어머니가 혼잣말처럼 말합니다.

"아니, 엄마가 이제 됐다고 말해 줘서 챠코도 안심하고 떠난 거야. 지금쯤 아빠 옆에서 갸르릉대고 있을걸."

내가 하는 대답은 늘 똑같습니다. 왜냐하면 진심을 다해 그렇게 믿으니까요.

아버지의 만년을 아름답게 장식해준 챠코. 늙고 움직이지 못하게 되어서도 어머니 곁을 지킨 챠코. 두 분의 딸로서 챠코에게는 그저 고맙다는 말밖에 할 수 없습니다.

| | |
|---|---|
| **이 름** | 챠코 |
| **나 이** | 향년 열일곱 살 |
| **성 별** | 암컷 |
| **종 류** | 믹스(흑갈색 털에 검은 줄무늬) |
| **성 격** | 낯가림이 있고 경계심이 강하지만 친해지면 어리광도 부림 |
| **특 기** | 새벽 4시 정각에 주인 깨우기 |
| **좋아하는 것** | · 생선회(특히 참치)<br>· 의자 위의 방석 |

당신에게 고양이란?

내가 준 사랑 그 이상을 돌려 준 존재

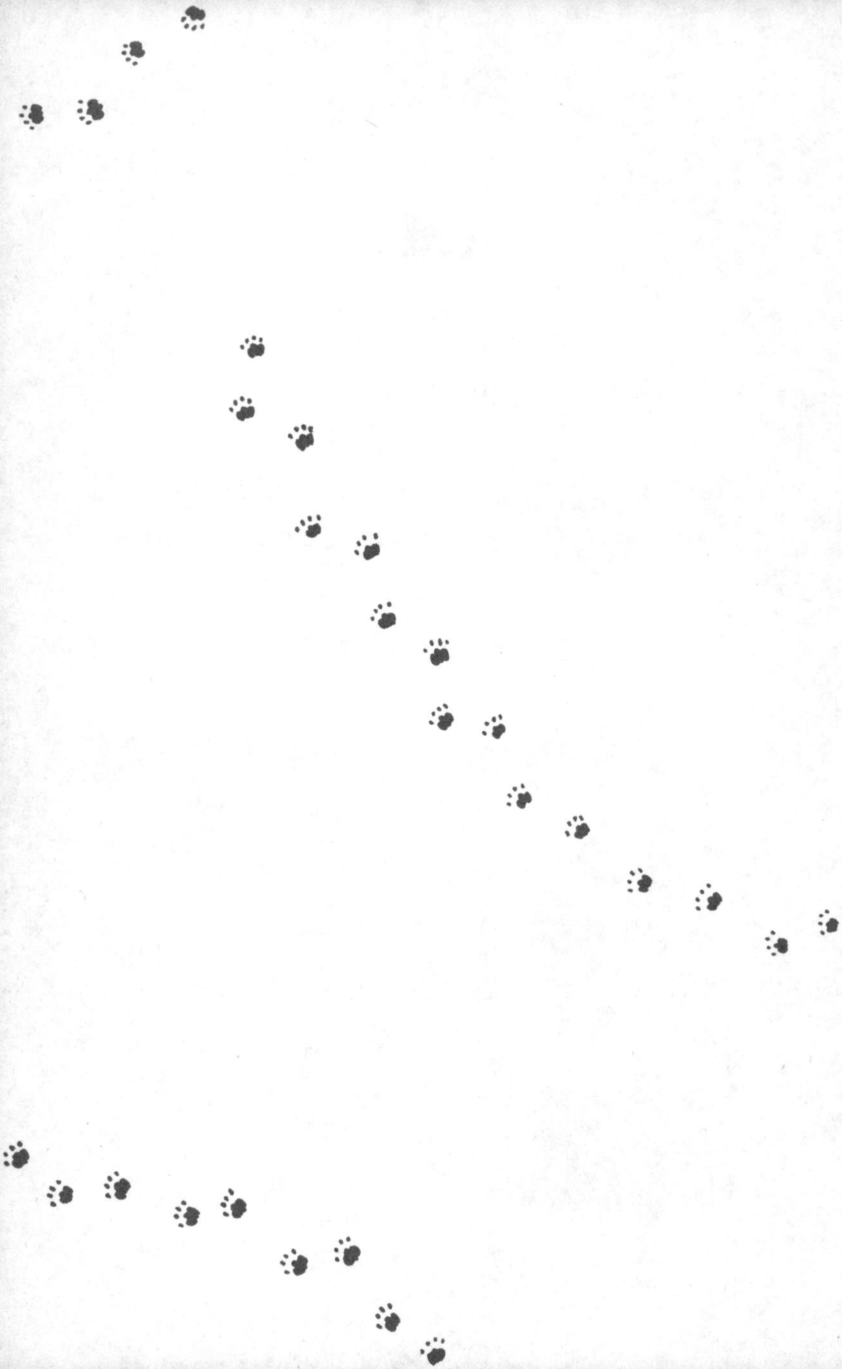

## episode 5

# 아들을 어둠에서 이끌어 낸 카쿠마

“ 흥, 내 발톱을 바짝 깎을 수 있는 건
형뿐인 거 꼭 알아둬. ”

'고양이는 3년 은혜를 3일 만에 잊는다.'는 속담이 있습니다. 고양이가 정이 없다는 것을 표현한 말이지요. 예전부터 야생 고양이들은 무리 짓지 않고 단독 생활을 했습니다. 개와 다르게 여럿이서 지낼 필요가 없었지요. 사냥을 잘해서 혼자서도 살아갈 수 있었기 때문입니다. 생명체로서 온전한 존재라 해도 과언이 아니지요. 그렇기 때문에 실패는 바로 잊어버립니다. 혼자 끙끙대고 있어 봐야 목숨이 위험해질 뿐이니까요.

그런 본능 때문에 지금의 고양이들이 자유롭고 제멋대로인 것입니다. 감정 변화가 빠른 것이 특징이지요. 기분이 내키지 않으면 나 몰라라 하고, 갑자기 홱 가버리는 고양이……. 그래서 정이 없어 보이는지도 모릅니다.

하지만 주인 입장에서는 어떨까요? 정이 없다는 건 일단 넘어가도, 은혜를 3일 만에 잊는다니 말도 안 된다고 반박할 겁니다. 고양이라고 해서 자기를 사랑하고 아껴 준 사람을 잊지는 않습니다. 쌀쌀맞아 보일지라도 고양이 역시 주인을 아끼고 사랑하니까요.

새끼 고양이를 돌보며 스스로를 치유한 청년과 그를 지켜본 가족. 그리고 다 자란 뒤에도 청년을 특별하게 여긴 고양이 이야기를 소개합니다.

## 낙엽에 파묻힌 새끼 고양이

그때의 우리는 마치 캄캄한 터널에 갇혀 있는 듯했습니다. 고등학생이었던 둘째 아들은 대학 진학을 목표로 하고 있었어요. 하지만 점점 성적이 나빠졌고 등교하는 횟수도 줄어들게 되었지요. 3학년 때 담임선생님 덕분에 어떻게든 졸업은 했지만, 결국 대학 시험에는 떨어졌습니다. 아들은 완전히 의욕을 잃었습니다. "난 틀렸어."라며 이불을 뒤집어 쓴 채, 꼼짝하지 않고 매일매일을 보냈습니다. 나도 남편도 아들을 대할 때 유리그릇 다루듯 조심했습니다.

다행히 아들 스스로도 이대로는 안 되겠다고 생각한 모양이었어요. 얼마 후부터 내가 소개해 준 학원에 다니기 시작했거든요. 개인이 운영하는 학원이었는데, 학교를 중퇴했거나 사연 있는 학생들을 받아주는 곳이었습니다.

'딱히 하고 싶은 일도 없으니 시간이나 죽이자.'

아마도 아들의 생각은 그랬던 것 같습니다. 물론 집 밖으로 나갈 마음이 든 건 다행이었어요. 하지만 이대로 둬도 괜찮을까 하는 불안감을 떨칠 수 없었습니다.

그런데 아들은 의외로 열심히 학원에 다니고 있었어요. 넌지시 이유를 물어보니 생각지도 못한 대답이 돌아왔습니다.

"학원 맞은편 집에 고양이가 있거든. 엄청 귀여워."

그러고 보면 아들은 옛날부터 고양이를 좋아해서 키우고 싶어 했습니다. 다만 남편이 고양이를 좋아하지 않았고, 나도 풀타임으로 일을 하고 있었습니다. 그래서 "우리 집에서 키우기는 좀 힘들지." 하고 매번 흐지부지 넘어갔었지요.

"진짜 귀엽다니까. 엄마도 한번 보러 가 봐."

그 고양이는 자주 창가에 앉아 있다고 했습니다. 간다고 해서 무조건 볼 수 있는 건 아니겠지만, 아들이 모처럼 권해줬는데 거절하기도 뭐 했습니다. 나는 자전거 페달을 밟으며 고양이가 있다는 곳으로 달려갔어요. 그렇게 목적지에 도착했지만, 창가에 고양이의 모습은 없었습니다.

'가 보긴 했는데 못 봤다고 말하면 되려나?'

나는 그렇게 생각하며 자전거 방향을 돌렸습니다. 슈퍼마켓에 들러서 장을 보고 돌아가려고 마음먹은 참이었죠. 그런데 페달을 밟기 시작한 순간, 배수구에 쌓여 있는 낙엽이 꿈틀거린 기분이 들었습니다.

'방금 움직이지 않았나?'

평소의 나였다면 이상한 느낌은 무시하고 가던 길을 계속 갔을 것입니다. 그런데 그날은 어째서인지 그냥 지나칠 수가 없었습니다. 나는 자전거를 멈추고 돌아가 젖은 낙엽 더미를 파헤쳤습니다. 그러자 손바닥 위에 올라갈 만큼 작은 새끼 고양이가 보였습니다.

젖은 낙엽에 묻혀 있던 새끼 고양이는 체온이 떨어져 달달 떨고 있었어요. 한쪽 눈은 눈곱이 덕지덕지 끼어 제대로 뜨지 못했고, 다른 쪽 눈도 뿌옇게 흐려진 상태였지요. 이대로 두면 죽을 것 같았습니다.

나는 새끼 고양이를 안아 들고 가까운 동물병원으로 달려갔습니다. 수의사가 몹시 친절한 분이었는데, 진찰을 마치고는 안약과 함께 고양이용 분유 등을 준비해 주었습니다. 그러고는 "이것도 인연이니까 꼭 키워 주세요." 하는 말을 덧붙였습니다.

집으로 돌아가면서 나는 새끼 고양이에게 '카쿠마'라는

이름을 지어 주었습니다. '카쿠마'는 예전에 방송했던 대하 드라마 〈야에의 벚꽃〉의 등장인물, '야마모토 카쿠마'에서 따온 이름입니다. 주인공 야에의 오빠인 카쿠마는 중간에 실명하지만 좌절하지 않고 에도 막부 말기부터 메이지 시대의 격동기를 멋지게 살아가지요. 혹시 새끼 고양이가 시력을 잃어도 '카쿠마'라는 이름으로 부르면 강하게 클 것 같았어요. 그런 마음으로 붙인 이름이었습니다.

새끼 고양이를 데리고 집으로 돌아오자 둘째 아들이 몹시 기뻐했습니다. "눈이 안 보일 수도 있대서 '카쿠마'라고 이름 지었어."라고 말하자 아들은 "그거 좋네, 좋은 이름이야." 하고 목소리를 높였습니다. 고양이를 좋아하지 않는 남편도 아무 말이 없었어요. 오랜만에 아들의 밝은 얼굴을 봤기 때문이었죠. 그런데 문제가 하나 있었습니다. 우리 집은 맞벌이를 하는데 어떻게 카쿠마를 돌보면 좋을까 하는 것이었습니다. 끙끙대는 나를 보며 아들이 단호하게 말했습니다.

"내가 돌볼게."

모두 알다시피 새끼 고양이는 손이 많이 갑니다. 보통 일이 아니지요. 아들은 오전에 학원에 갔다가 점심 무렵 잠시 귀가해 카쿠마에게 우유를 먹이고 화장실을 청소했습니다. 오후에는 다시 학원에 갔다가 저녁에 돌아와서 또 우유를 먹였고, 화장실도 청소하며 바쁘게 움직였습니다. 체온 재기, 집에 위험한 물건이 있으면 치우기, 식욕이 없지는 않은지 돌보기, 게다가 날이 갈수록 건강해지는 카쿠마의 놀이 상대 되어 주기. 아들은 용케도 잘 해냈습니다. 수의사의 말대로 안약도 매일 넣어 주었어요. 한 달 뒤, 노력한 보람이 있었는지 카쿠마의 양쪽 눈이 번쩍 떠졌습니다. 실명을 각오하고 있었는데 말이에요.

그 무렵에 둘째 아들이 불쑥 이런 말을 꺼냈습니다.

"엄마, 날 키울 때도 이랬어?"

아들은 매일 같이 많은 시간을 카쿠마에게 쏟았습니다. 그러면서 '한 생명을 키운다'는 것에 대해 무언가 깨달은 듯했습니다. 나는 "그랬지." 하고 한 마디로 대답했습니다. "음……." 아들에게 돌아온 대답도 그 한 마디였습니다.

그때 아들은 가슴 속에 어떤 생각을 담아 두고 있었을까요? 나는 알 길이 없었습니다. 어쨌거나 이 일이 있은 뒤로 아들은 눈에 띄게 달라졌습니다.

"나도 다시 한번 힘내 볼게."

그렇게 말하더니 카쿠마를 돌보면서 공부도 열심히 하기 시작했지요. 1년 뒤 아들은 보란 듯이 대학에 합격했습니다.

그리고 7년이 지났습니다. 낙엽에 파묻혀 떨고 있던 새끼 고양이는 듬직한 체격의 수컷 고양이로 컸습니다. 아들은 대학을 졸업한 뒤 혼자 나가 살기 시작했어요. 집을 나갈 때 "독립하는 건 좋은데 고양이를 못 키우잖아~." 하고 투덜대며 불평을 했답니다. 새끼 고양이 시절, 아들이 헌신적으로 돌본 덕분일까요? 지금도 카쿠마의 발톱은 아들밖에 깎을 수 없습니다. 나나 남편이 하려고 하면 날뛰거나, 손가락을 콱 깨무는 바람에……. 그래서 카쿠마의 발톱이 자라면 "발톱 깎아야 하는데." 하고 아들에게 연락을 합니다. 둘째 아들은 "그거 참, 하는 수 없네." 하고 내키지 않는 듯 투덜거리지만, 부리나케 돌아와 또각또각 발톱을 깎아 줍니다. 카쿠마는 '발톱 깎기 싫지만 형이 하겠다면 어쩔 수 없지.' 하는 얼굴로 얌전히 있습니다. 여전히 둘째 아들은 카쿠마에게 특별한 상대인 모양입니다.

고양이를 별로 안 좋아하던 남편도 지금은 완전히 카쿠마에게 빠졌습니다. 둘은 같이 노는 친구 같은 관계랍니다. 카쿠마는 가구 뒤에 숨어 있다가 지나가는 남편에게 달려들어 놀라게 하는 장난을 좋아합니다. 몇 번이나 당했는데도 매번 신선한 반응을 보여 주는 남편이 재미있나 봅니다. 나로 말할 것 같으면 카쿠마가 펄쩍 뛰어 달려들어도 "어머, 카쿠마 왔니?" 하는 게 답니다. 장난치는 보람이 없는지 어지간

하면 나한테는 장난을 치지 않네요.

코로나가 퍼진 뒤 재택근무가 시작됐고 외출도 자제하고 있습니다. 부부 둘이서만 살고 있어서 대화도 많지 않지요. 하지만 카쿠마에 대해서는 늘 이야기꽃이 핍니다. 남편과 둘이서 종일 얼굴을 맞대고 있는데도 싸우지 않는 건 전부 카쿠마 덕분이에요.

참, 카쿠마에게 의지할 때도 있습니다. 제멋대로에 가끔 깨물기도 하고, 우리 가족 중 가장 잘난 척이 심한 아이지만 내가 지쳐 있으면 슬며시 옆으로 옵니다. 그러고는 이야기를 들어 주려는 듯 가만히 눈을 맞춥니다. 얼마나 마음이 따뜻해지는지 모른답니다.

카쿠마는 우리 가족 모두의 소중한 등불입니다. 카쿠마를 처음 만난 날 나는 아들의 이야기를 듣고 평소 다니지 않던 길로 갔습니다. 보통 때라면 신경 쓰지 않았을 낙엽 더미를 유심히 보다가 카쿠마와 운명적으로 만나게 되었지요. 고양이를 기르는 사람들에게 이 이야기를 들려주면 하나같이 "고양이한테 선택받았네."라고 말합니다. 그게 사실이라면 카쿠마에게 선택받은 난 정말 운이 좋은 사람입니다.

둘째 아들의 마음을 녹이고 우리 가족에게 따스함을 선사

해 준 카쿠마. 앞으로도 카쿠마와의 생활을 소중히 여기며 살아가고 싶습니다.

| | |
|---|---|
| **이 름** | 카쿠마 |
| **나 이** | 일곱 살 |
| **성 별** | 수컷 |
| **종 류** | 믹스(흰색과 검은색 털, 좌우로 나뉜 팔자 무늬) |
| **성 격** | · 호기심이 왕성함<br>· 사람을 좋아하지만 귀찮게 굴면 싫어함 |
| **특 기** | 가족 앞에서 뽐내기 |
| **좋아하는 것** | · 장난감 낚싯대<br>· 그늘에 숨어 있다가 아빠 놀라게 하기 |

당신에게 고양이란?

## 어둠을 밝혀 준 등불

## episode 6

# 고양이 남매
# 타로와 하나코

“ 우리를 두고 가지 않은 건
당신들뿐이었어요. ”

함께 놀거나 꼭 붙어 자는 새끼 고양이들을 보고 가슴 설렌 적이 있나요? 고양이를 입양하려다 형제나 남매 고양이를 갈라놓기가 불쌍해 함께 데려왔다는 이야기도 종종 듣습니다.

고양이는 다산하는 동물입니다. 한 번 출산하면 보통 세 마리에서 다섯 마리를 낳으며, 최대 열아홉 마리까지 낳았다는 기록도 남아 있습니다. 그래서일까요? 새끼 고양이가 너무 많이 태어나서 다 돌보지 못하겠다며 버리는 사람도 있습니다. 또 한 배에서 태어난 새끼들 중에서 약한 아이는 어미와 떨어지는 일도 생깁니다.

고양이의 형제자매 관계는 어떨까요? 고양이들은 개인주의적이지만 형제자매, 부모, 아이에 대한 애정이 깊다고 합니다. 서로서로 신경 쓰는 모습도 쉽게 볼 수 있습니다. 여러 마리를 함께 키우면 성격이 맞지 않는 일도 가끔 있는데, 어릴 적부터 같이 자란 형제나 자매 고양이들은 대부분 성묘가 돼서도 문제없이 지낸답니다. 또 새끼 고양이 시절부터 형제자매와 함께 자라면 힘 조절하는 방법을 자연스럽게 배울 수 있습니다. 그래서 사람을 대할 때도 힘껏 깨무는 일이 없다고 하네요.

이번에는 고양이 남매의 이야기를 준비했습니다. 버려진 걸까요, 아니면 어미 고양이를 잃어버린 걸까요? 배고픔에 떨던 두 남매가 따뜻한 가정에서 행복을 찾은 에피소드입니다.

# 둘이 함께여서 다행이야

타로와 하나코가 우리 집에 온 건 4년 전 골든 위크(4월 말부터 5월 초 사이에 있는 일주일 정도의 연휴-옮긴이)때였어요. 그때 나는 초등학교 5학년이었습니다.

연휴 때 아버지, 어머니와 나는 반려견 코로와 함께 애견 운동장에 갔습니다. 코로는 열두 살이라 오래 달리지는 못했지만 그래도 운동장을 무척 좋아했습니다. 코로가 실컷 뛰어놀고 난 뒤, 아버지는 차가 막히기 전에 돌아가자며 우리를 차에 태우셨습니다. 차는 코로가 멀미하지 않게 천천히 달려갔지요. 그런데 출발하고 얼마 지나지 않아 길 한편에 움직이는 무언가가 눈에 띄었습니다.

"저기 뭔가 있어."

내 말에 어머니가 그쪽을 지그시 쳐다보셨습니다.

"새끼 고양이야!"

내 눈에는 자세히 보이지 않았습니다. 하지만 어머니는 울고 있는 새끼 고양이를 똑똑히 봤다고 하셨습니다.

"길고양이일까? 아니면 누가 버렸나?"

"글쎄다, 어쨌든 우리 집에서는 못 키워. 코로가 있잖니."

아버지의 말에 나는 입을 다물고 말았습니다.

얼마나 달렸을까요? 어머니가 급하게 말을 꺼내셨습니다.

"역시 안 되겠어. 고양이 있던 곳으로 가요."

하는 수 없이 아버지가 방향을 돌리셨습니다. 나와 어머니는 서둘러 차에서 내렸고, 아버지도 코로를 데리고 따라 내리셨습니다. 주위를 살펴보자 조금 떨어진 수풀에서 바스락바스락하는 소리가 났어요. 그러더니 조그마한 갈색 고양이가 있는 힘껏 삑삑 울며 나타났지요. 어머니가 가까이 다가가자 새끼 고양이도 함께 다가왔습니다. 그러다 갑자기 자기 뒤쪽을 향해 야옹, 야옹 하고 울었습니다. 왜 그러나 하고 지켜봤더니 수풀 속에서 새끼 고양이 한 마리가 또 나왔습니다. 삼색 털을 가진 아이였지요. 그런데 갈색 고양이보다 덩치도 작고 걸음걸이도 휘청거렸습니다.

"동생일까? 이 애가 더 약한 것 같아!"

어머니는 그렇게 말하며 둘을 안아 드셨습니다. 그때 코로의 목줄을 잡은 아버지가 다가오셨습니다. 흥분한 코로가 킁킁대며 코를 들이밀었습니다. 고양이들이 겁에 질려 하는 것을 보고 어머니가 손으로 거리를 떨어뜨려 놓으셨지요.

코로가 가는 병원의 수의사에게 전화를 해보니 다행히 병원 문은 열려 있었어요. 우리는 그대로 차를 몰아 병원으로 향했습니다. 의사 말로는 영양실조 상태이긴 해도 건강에는 문제가 없다고 했습니다.

"나이대가 비슷한 걸 보니 남매 같네요."

진찰을 마친 뒤, 우리는 새끼 고양이들을 데리고 집으로 돌아갔습니다. 아버지는 코로가 있으니 고양이들은 키울 수 없다며 반대하셨습니다. 백 보 양보해서 키운다고 하더라도 한 마리는 다른 집으로 보내자고 하셨지요. 코로도 할아버지니까 갑자기 고양이들과 같이 살게 되면 스트레스를 받을 거라는 이유였습니다. 아버지는 코로를 몹시 아꼈기 때문에 코로를 가장 우선으로 생각하셨습니다. 나는 고양이들을 키우고 싶었지만 아버지가 심하게 반대하시는 바람에 포기하려 했습니다. 그런데 생각지도 못하게 어머니가 내 편이 되어주셨습니다.

"이렇게 사이가 좋은데 헤어지면 불쌍하잖아. 둘 다 같이 키우고 싶어. 갈색 고양이는 동생 몸이 약해진 걸 알고 있었어. 그런데 어미 고양이가 보이지 않자 대신 우리 차를 향해 '저희 좀 도와주세요.' 하고 힘껏 소리친 거야. 스스로 어떻게든 하지 않으면 동생도 자기도 죽는다고 느낀 게 아닐까? 이 아이도 배가 고프고 겁이 났을 거야. 동생을 두고 혼자 다른 곳으로 갈 수도 있었을 텐데 그러지 않았어. 난 이 애들을 헤어지게 하기 싫어."

어머니의 이야기에 나는 그만 울고 말았습니다.

두 마리는 병원에서도, 우리 집에 오고 나서도 꼭 붙어서 떨어지지 않았어요. 함께 머리를 맞대고 자는 둘을 나 역시 갈라놓고 싶지 않았지요. 나는 "저도 잘 돌볼게요!" 하고 아버지께 부탁드렸습니다. 아버지는 내가 우는 모습을 보자 더는 반대하지 않으시고 "음. 그럼 코로가 괜찮은지 일단 지켜볼까?"라고 말씀하셨습니다.

갈색 털 고양이는 남자아이라 '타로', 삼색 털 고양이는 여자아이라 '하나코'라고 이름 붙였습니다. 타로는 우리 집에 오자마자 곧장 밥도 잘 먹고, 이곳저곳을 돌아다녔습니다. 그런데 몸이 약해져 있던 하나코가 좀처럼 밥을 먹지 않아 걱정이었습니다. 다행히 타로가 밥을 먹는 모습을 보고 따라 먹게 되어 점점 기운을 차렸습니다. 타로는 노는 것을 좋아했어요. 내가 장난감만 꺼내면 달려와 지칠 줄 모르고 뛰어놀았지요. 그러다가도 하나코가 미야-미야-하고 울면 곧바로 놀이를 그만두고 동생에게 돌아갔습니다.

"이렇게 다정한 오빠 본 적 있니? 사람 중에도 거의 없을걸."

어머니는 자주 그렇게 말씀하셨습니다.

아버지가 걱정하셨던 코로 말입니다만, 처음에는 고양이들과 지내는 생활에 잘 적응하지 못했습니다. 틈만 나면 고양이들을 살피러 왔지요. 그런데 그러는 사이 하나코가 코로를 따르게 되었습니다. 코로가 누워 있으면 하나코가 아장아장 걸어와 품에 안겨 잠이 들었습니다. 그 모습을 본 타로도 같이 몸을 기대고 누웠지요. 그렇게 세 마리가 사이좋게 몸을 맞대고 낮잠을 즐기고는 했습니다.

처음에 하나코가 품에 안겼을 때, 코로는 '어?' 하는 얼굴로 나를 보며 곤란해했습니다. 그래도 하나코를 밀어내려 하지는 않았어요. 코로가 얼마나 다정한지 알게 된 것도 타로와 하나코 덕분입니다. 다만 최근에는 어머니가 코로와 고양이 남매가 자는 장소를 따로 나누어 놓으셨습니다. 코로가 나이를 많이 먹었기 때문에 편하게 자게 해주려고 배

려하신 것이죠. 잘 시간이 되면 하나코와 타로가 코로를 찾아 돌아다닙니다. 셋이 함께 자는 모습을 볼 수 없어 아쉽지만, 코로를 위한 일이라 어쩔 수가 없습니다.

요즘 들어 아버지가 "타로와 하나코를 함께 키우길 잘했어." 하고 자주 이야기하셔서 기분이 좋습니다. 코로 밖에 모르던 아버지도 지금은 고양이 남매를 몹시 예뻐하십니다. 어머니는 아버지가 고양이를 좋아하게 될 줄 아셨다고 합니다. 그리고 두 마리를 함께 키우기로 한 건 다 자기 덕분이라며 자화자찬을 하시지요. 그때 만약 타로와 하나코가 뿔뿔이 헤어졌다면, 지금은 서로를 잊었을까요? 아니면 내내 기억하며 그리워했을까요?

타로와 하나코도 이제 네 살이 되었습니다. 예전처럼 서로 꼭 붙어 다니는 일은 거의 없지요. 하지만 깜짝 놀라거나 무서운 일이 벌어지면 다릅니다. 작년 여름, 에어컨이 고장나 수리 기사가 찾아왔었습니다. 낯선 사람을 무서워하는 타로와 하나코는 다른 방으로 도망쳤습니다. 내가 보러 갔더니 글쎄, 둘이 함께 침대에 꼭꼭 숨어 있지 뭡니까. 타로는 동생을 지키겠다고 온몸으로 하나코 앞을 가로막고 있었어요. 역시 타로는 하나코의 오빠구나 싶어 가슴이 찡했지요. 둘은 수리 기사가 떠나자마자 아무 일도 없었다는 듯 원래

대로 돌아갔습니다. 그 모습에 그만 혼자 웃고 말았습니다.

타로와 하나코, 그리고 코로. 개와 고양이는 어느 쪽이나 사랑스럽지만 완전히 다른 동물입니다. 또 같은 고양이라도 타로와 하나코의 성격이 정반대인 걸 보면 사람과 다를 바 없다는 생각도 듭니다. 나는 개와 고양이에 대해 더 자세히 알고 싶어졌습니다. 그래서 장래에 동물과 관련된 일을 하려고 준비하고 있습니다.

타로, 하나코, 코로는 나의 세계를 넓혀 준 소중한 가족입니다.

| | |
|---|---|
| **이 름** | 타로, 하나코 |
| **나 이** | 네 살 |
| **성 별** | 타로는 수컷, 하나코는 암컷 |
| **종 류** | 믹스(타로는 갈색 줄무늬, 하나코는 삼색 털) |
| **성 격** | 타로는 장난꾸러기,<br>하나코는 주관이 뚜렷함 |
| **특 기** | 타로는 두 앞발로 장난감 잡기,<br>하나코는 아빠에게 어리광 부리기 |
| **좋아하는 것** | · 타로는 고양이 낚싯대와 츄르<br>· 하나코는 햇볕에 잘 마른 쿠션과 츄르 |

당신에게 고양이란?

나의 세계를 넓혀 준 존재

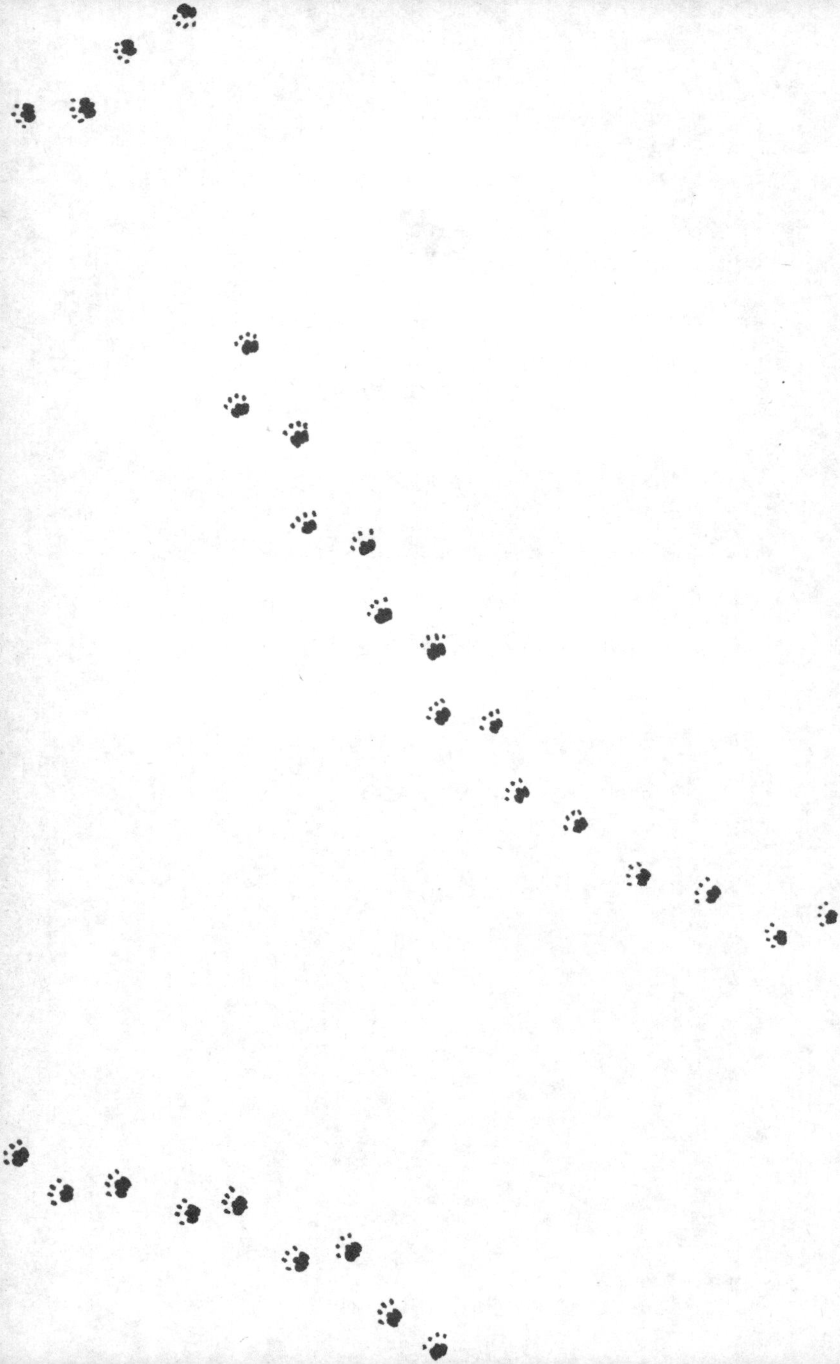

## episode 7

# 떠돌이 쿠로

“ 사실, 난 바람 쐬는 것보다
너희들이 반겨 주는 게 더 좋았어. ”

'고양이는 죽기 직전에 모습을 감춘다.'는 말을 들어 본 적이 있을 겁니다. 보통은 홀로 죽음을 맞이하려는, 고양이 나름의 소신이라고 하지요. 하지만 야생에서 약해진 모습을 보이면 공격당하기 때문에 위험한 상황을 피하기 위한 본능이라는 말도 있습니다. 그럼 고양이를 집 안에서만 키우는 지금은 어떨까요?

30년 전 일본에서는 반려묘가 자유롭게 밖을 산책하는 일이 꽤 흔했습니다. 동네에서 고양이를 보고 "아, 옆집 고양이네." 하고 알아본 경험이 있는 사람도 많을 겁니다. 집 밖을 돌아다니는 고양이의 행동 범위는 대부분 자기 집 주변 100미터로, 그렇게 넓지 않습니다. 그런데 때로는 이 범위를 넘어 멀리 나가는 고양이도 있어요. 마음 내킬 때 떠나고 돌아오고 싶을 때 돌아오는 떠돌이인 셈이죠. 가족들은 고양이의 그런 습성을 이해하면서도 며칠씩 돌아오지 않으면 걱정을 합니다. 이번에야말로 어딘가에서 혼자 죽은 건 아닐까 하는 생각도 하고요.

이렇게 자유로운 영혼을 가진 고양이와 살고 있던 가족을 소개합니다. 훌훌 떠나 며칠씩 나타나지 않은 적이 허다했던 수컷 고양이. 하지만 마지막 순간, 고양이는 가족 곁으로 돌아와 눈을 감았습니다.

# 마지막 순간에 돌아온 고양이

돌이켜 보면 쿠로는 참 자유로운 고양이였습니다. 쿠로와의 만남은 내가 중학생일 무렵으로 거슬러 올라갑니다. 학교에서 돌아와 보니 어중간한 크기의 새끼 고양이가 집 안을 돌아다니고 있었어요. 어머니 말로는 친구네 고양이인데, 더는 키울 수 없게 돼서 대신 맡았다고 하셨습니다. 우리 집에는 내가 어릴 적부터 항상 고양이가 있었습니다. 그래서인지 자연스럽게 고양이를 좋아하게 되었어요. 나는 '이번 고양이는 털이 풍성하네.'라고 생각하며 새끼 고양이에게 장난을 걸었습니다. 어떤 품종의 피가 섞였던 걸까요? 쿠로는 시골에서 거의 본 적 없는 장모종 고양이였습니다.

전에 살던 집에서는 쿠로를 실내에서만 길렀습니다. 그런데 사실 우리 가족이 예전에 키웠던 고양이들은 모두 자유롭게 집 안팎을 오고 갔습니다. 지금은 추천하지 않는 방식인 걸 알고 있지만, 40년 전 시골에서는 그렇게 지내는 고양이가 많았어요. 쿠로를 마당에 내려놓자 처음에는 놀라고 무서워하며 비틀거렸습니다. 그러다가 곧 바깥 생활의 즐거움을 알게 되어 빈번히 외출하게 되었지요. 처음에는 마당에만 나가더니 점점 행동 범위가 넓어졌습니다. 내가 고등학생이 될 무렵에는 꽤 먼 동네에 사는 사람에게 "얘, 너희 집 고양이를 봤어."라는 말을 듣기도 했습니다. 눈에 띄는 긴 털 덕분에 누구나 쿠로를 알아볼 수 있었던 것입니다.

쿠로는 하루에 몇 번씩이나 집 안과 밖을 오고 갔습니다. 아침 일찍 밥을 먹고 외출했다가 점심에 돌아와서 또 밥을 달라고 조르는 식이었죠. 그런 뒤 또 나갔다가 저녁 무렵, 어머니와 내가 돌아올 시간에 맞춰 돌아오는 것입니다. 저녁밥을 먹은 다음에는 방 안이나 마당에서 빈둥거리다 이른 밤에 집을 나섭니다. 아니면 내 이불에서 일찍 잠을 청하고 새벽같이 밖으로 나갑니다. 이런 식으로 쿠로는 안과 밖을 왔다 갔다 했습니다. 귀가할 때는 늘 큰 소리로 울면서 들어왔어요. 마치 '다녀왔습니다~' 하는 인사 같았죠. 가족들이 "어서 와~" 하고 대답해 주면 쿠로도 좋아했습니다. 밤에 나갔다가 외출이 길어지면 다음 날 저녁에 돌아오기도 했지만, 하루 내내 집을 비우는 일은 거의 없었습니다.

그런데 쿠로가 네 살이 되었을 때였습니다. 집을 나가 사흘 동안 돌아오지 않았어요. 걱정된 어머니와 내가 쿠로가 자주 가던 곳 주변을 돌아다녔지만 찾을 수 없었습니다. 혹시 다쳐서 움직이지 못하고 있는 건 아닐까, 이대로 돌아오지 못하면 어떡하지, 하고 온 가족이 마음을 졸였습니다.

그러다 나흘째 되던 날 저녁. 저 멀리서 야옹야옹 소리가 들렸습니다. 쿠로가 돌아온 것입니다. 털은 조금 지저분했지만 건강해 보였습니다. 어째서인지 '어흠, 다녀왔어.'라는 듯 의기양양한 얼굴이었어요. 그러고는 배가 고팠는지 밥을 넉넉히 먹고 곯아떨어졌습니다. 집을 비웠던 일은 조금도 신경 쓰지 않는 태도라니. 정말 마음 가는 대로 즐겁게 사는 녀석이다 싶어 어이가 없었습니다. 이때 이후로 쿠로는 1년에 한 번 정도는 2~3일간 모습을 감추었습니다. 그리고 가족들이 "벌써 며칠이나 지났는데 괜찮을까?" 하고 걱정하기 시작할 무렵에 돌아왔습니다. 유유히 털을 나부끼면서 말이에요. 지금의 나였다면 "네가 토라 씨(영화 〈남자는 괴로워〉 시리즈의 주인공-옮긴이)인 줄 알아!" 하고 따지고 들었을 겁니다.

이렇듯 자유로운 고양이였지만 가족에게는 어리광이 많았습니다. 특히 어머니가 집에 계시면 딱 달라붙어 졸졸 따라다녔지요. 어머니는 일하거나 쇼핑을 가실 때 자가용을 몰고 나가시곤 했습니다. 그런데 집으로 돌아와 차에서 내리면 늘 같은 일이 일어났습니다. 마당에 오도카니 앉아서 기다리던 쿠로가 "야-옹, 야-옹" 우는 겁니다. 쿠로는 어머니 발치를 왔다 갔다 하며 쓰다듬어 달라고 떼를 썼습니다. 그러다 충분하다 싶으면 안심하고 다시 산책을 나갔지요. 그런 생활이 이어졌습니다. 아버지나 다른 사람의 차를 보고는 그러는 법이 없었습니다. 아마도 어머니의 차 엔진 소리를 듣고 누구인지 알아봤나 봅니다. 쿠로가 세상을 떠난 지 벌써 30년이 지났지만, 어머니는 지금도 그 이야기를 자주 하십니다. 쿠로에게 특별대우를 받아서 내심 기쁘셨던 모양입니다.

쿠로는 의외로 손님 대접도 잘했습니다. 자기가 집에 있을 때 손님이 찾아오면, 꼭 문 앞까지 나가서 "야-옹" 하고 인사를 했지요. 쿠로는 털도 풍성하고 몸집도 커서 손님들에게 "잘생긴 고양이네." 하고 칭찬받을 때가 많았습니다. 그러면 어쩐지 우쭐한 표정을 짓고는 했습니다. 기분이 좋으면 그대로 좌식책상에 올라가 몸을 발랑 뒤집고 배를 보여주었습니다. 귀여움을 뽐내고 싶었던 것 같아요. 하지만 내키지 않으면 인사만 하고 곧장 안으로 들어가 버렸지요.

배가 고프면 밥을 달라고 조르고, 좋아하는 시간에 산책을 나가고, 자고 싶어지면 내 이불에서 잠을 자는, 쿠로는 그야말로 하고 싶은 대로 하는 고양이였습니다.

나는 대학을 졸업한 뒤 취직을 하고, 독립해 혼자 살기 시작했습니다. 때때로 집에 돌아가면 쿠로가 "야-옹" 하고 울면서 변함없는 모습으로 나를 맞아 주었습니다. 그리고 내 이불 위에서 대자로 누워 잠을 잤습니다. 쿠로도 나이를 먹자 점점 자는 시간이 늘어났어요. 그래도 여전히 불쑥 밖으로 나갔다가 돌아오는 버릇은 여전했지요.

내가 독립하고 5년째 되던 해, 상황이 크게 달라졌습니다. 그해 초부터 쿠로는 거의 외출하지 않게 되었습니다. 어머니 말로는 아침부터 밤까지 집에서 잠만 잔다고 했습니다. 평소 좋아하던 책상 위에 올라가 종일 움직이지 않고 웅크리고 있다는 것이었어요. 가을이 되자 쿠로의 식욕은 뚝 떨어졌고, 풍성했던 털도 윤기를 잃어갔습니다. 내가 집에 들러도 이불 위로 올라오지 않았습니다. 그래도 "쿠로." 하고 부르면 가늘게 눈을 뜨고 가냘프게 대답해 주었습니다.

그해 말, 불길한 예감이 든 나는 일을 마무리하고 급히 집

으로 돌아갔습니다. 다음 날, 남동생도 돌아왔지요. 동생은 집에서 먼 대학에 다니고 있었고 아르바이트로 바빠서 보통은 새해가 밝은 뒤에 돌아오고는 했습니다. 그런데 드물게도 일정을 앞당긴 것입니다. 이유는 말하지 않았지만, 나처럼 뭔가를 느꼈던 것 같습니다. 나와 동생, 어머니와 아버지 네 사람은 쿠로를 둘러싸고 자리에 앉았습니다. 그리고 누워 있는 쿠로를 지켜보았습니다. 곧 이 아이의 숨이 꺼지겠지……. 모두가 알고 있었지만 아무도 입 밖으로 내지 않았습니다. 그저 가만히 쿠로를 지켜볼 따름이었습니다. 어머니 눈에서 굵은 눈물이 주르륵 흘러내렸습니다. 몇 분이 지났을까요? 5분, 아니면 10분? 어쩌면 30분? 쿠로가 고개를 들어 잠시 가족들의 얼굴을 바라보았어요. 그러고는 조용히 숨을 거두었습니다. 몹시도 추웠던 12월 마지막 날의 일이었습니다.

쿠로는 자유로운 고양이였습니다. 다가오는 죽음을 느끼고 모습을 감출 수도 있었을 겁니다. 어딘가에서 조용히 마지막을 맞이할 수도 있었겠지요. 하지만 쿠로는 가족 모두가 지켜보는 가운데 떠났습니다. 얽매이지 않는 기분파에, 어리광쟁이지만 구속은 싫어했던 쿠로. 고양이 중에서도 호기심이 많아 밖으로 곧잘 나돌았던 쿠로. 그랬던 쿠로가 우리에게 마지막 순간을 허락해 주었습니다. 떠돌이로 살았지만 우리 집의 반려묘이기도 했던 것입니다. 죽음을 맞이한 쿠로의 얼굴은 평온해 보였습니다. 쿠로 자신도 가족의 일원임을 느꼈다면, 그래서 자기 생에 만족해 떠났다면 그 이상 기쁜 일은 없을 겁니다.

그 뒤로 30년이 지났습니다. 지금은 마당에 풀어두지 않고 실내에서만 고양이를 키우고 있습니다. 건강이나 수명을 생각하면 이런 환경이 최선임을 알고 있기 때문이지요. 지금의 반려묘에게 바깥세상을 보여 줄 생각도 없습니다.

하지만, 그래도…….

가끔은 개에게 쫓기기도 하고, 다른 고양이와 다투기도 하면서, 자랑스러운 얼굴로 밖을 활보하던 쿠로가 생각납니다.

| | |
|---|---|
| **이 름** | 쿠로 |
| **나 이** | 향년 열네 살 |
| **성 별** | 수컷 |
| **종 류** | 믹스(진갈색 장모종) |
| **성 격** | 밝고 친근하나 가끔 고집을 피움 |
| **특 기** | · 이불 위에 대자로 누워 잠자기<br>· 낮잠 자기 좋은 장소 발견하기 |
| **좋아하는 것** | · 처음 본 사람에게 인사하기<br>· 밤 산책<br>· 참치 |

당신에게 고양이란?

자유롭고 사랑스러운 존재

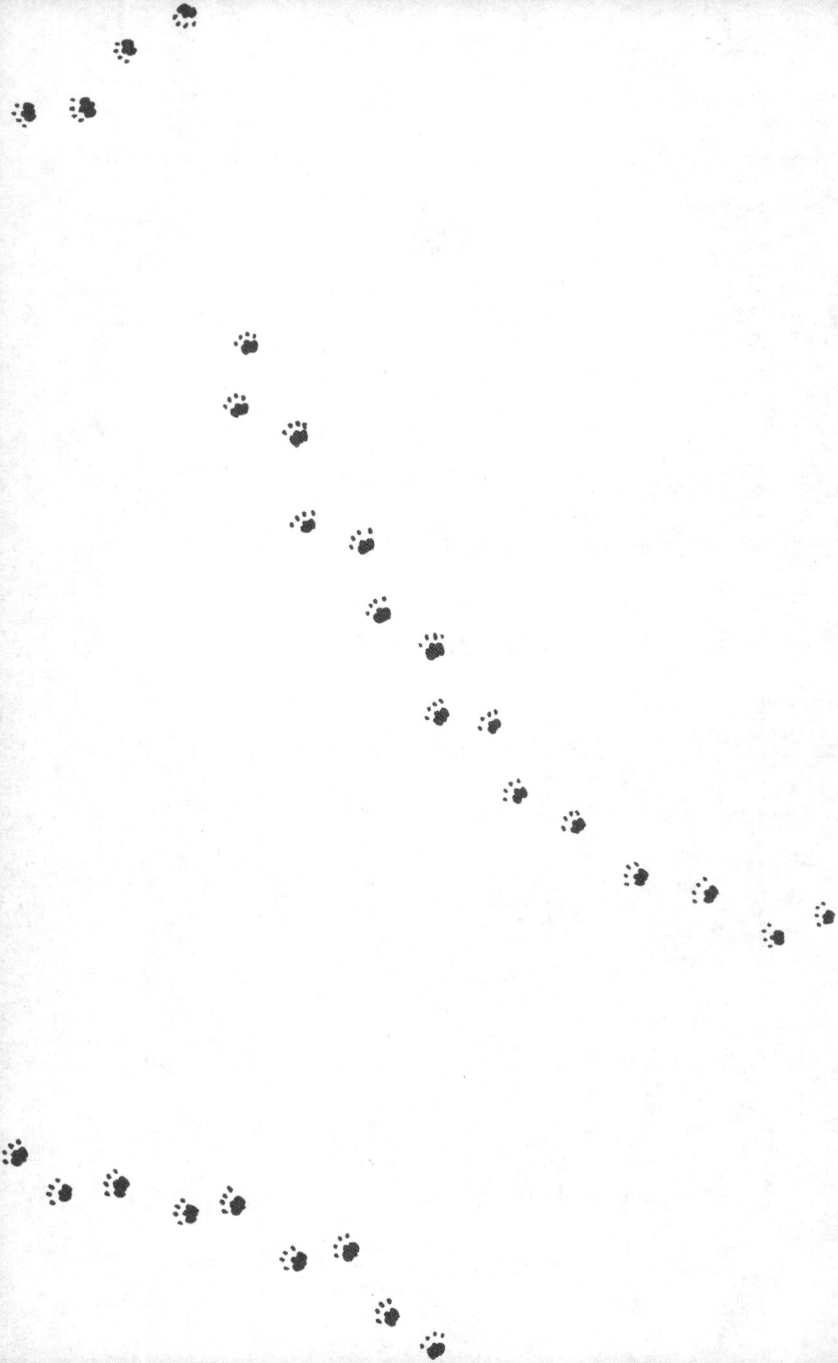

## episode 8

# 나의 보호자 레나

“ 책상 위가 은근히 포근해서
어찌나 졸리던지.
이제, 공부 열심히 할 수 있겠지? ”

고양이는 보통 아이들을 어려워합니다. 어린아이는 갑자기 큰 소리를 지르기도 하고, 갑자기 움직이거나, 난폭하게 만지기 때문입니다. 고양이 입장에서는 안심할 수 없고 위험한 상대인 셈입니다.

그런가 하면 아이들과 사이좋게 지내는 고양이도 있습니다. 고양이가 주인이 낳은 아기를 보고 '이 애는 대체 뭐야?' 하고 당황하다가, 이내 받아들이는 영상을 인터넷에서 자주 볼 수 있지요. 또 어떤 고양이들은 눈물겨울 만큼 헌신적으로 형, 누나 노릇을 합니다. 아이를 지키려는 듯 함께 자고, 울면 위로하고, 털을 잡아당겨도 저항하지 않습니다. 아이가 어느 정도 성장한 뒤 함께 지내게 된 고양이는 어떨까요? 처음에는 아이가 형이나 누나 같다가도 어느새 고양이가 보호자 역할을 맡게 되지요.

고양이가 어린아이에게 관심을 쏟는 이유는 확실히

밝혀지지 않았습니다. 학설에 따르면 모성애 때문이라고 합니다. 혹은 아이가 작고 어려서 보호 대상으로 여긴다고도 하고, 어미 고양이에게 보살핌 받은 기억이 남아 있기 때문이라고도 해요. 어미 고양이에게 받았던 사랑을 주인의 아이에게 되돌려 주는 걸까요? 그렇게 생각하니 가슴이 따듯해지네요.

이렇듯 서로 친해지면 고양이는 아이의 믿음직한 형제자매나 친구가 되어 줍니다. 이번 이야기에 등장하는 레나 역시 언니처럼 주인의 성장을 지켜보고 보살펴 준 고양이입니다. 불안한 어린 시절을 보내던 주인을 지켜주고 격려해 준, 다정한 고양이 이야기를 들려드릴게요.

# 유럽에서 만난 고양이

레나가 없었다면 지금의 나도 없었을 것입니다. 많은 사람이 고양이에게 격려를 받고, 위로를 받는다고 하는데 정말로 그렇습니다. 나는 10대 때부터 20대까지 레나의 보살핌 속에서 자랐습니다.

10대 중반 무렵, 아버지의 일 때문에 유럽의 어느 나라로 이사를 하게 되었습니다. 당시 나는 그 나라 말은 고사하고 영어도 제대로 못 하는 상태였습니다. 학교에 가도 좀처럼 친구를 만들지 못해 외롭고 쓸쓸했지요. 먼저 말을 걸어오는 아이들도 있었습니다. 하지만 언어가 통하지 않아 내 기분을 제대로 전달할 수가 없었어요. 게다가 문화도 사고방식도 달랐습니다.

'이상한 말을 하면 어쩌지? 다들 비웃지 않을까?'

그런 생각이 들어서 적극적으로 나설 수 없었습니다. 돌이켜 보면 사춘기라서 그랬던 것 같기도 해요. 매일 학교에 가서 묵묵히 자리만 지켰습니다. 오늘도 몇 마디 못 했어, 하고 우울하게 귀가하는 날들이 계속되었습니다.

그러던 어느 날, 아버지의 친구분께 초대를 받았습니다. 자기 집 고양이가 새끼를 낳았으니 보러 오라는 것이었어요. 어쩌면 아버지가 기운이 없는 나를 걱정해 일부러 부탁한 일인지도 몰랐습니다. 그분의 집을 찾아가 보니 귀여운 새끼 고양이가 여러 마리 있었습니다. 동그랗고 조그마한 몸 하며, 엎치락뒤치락 장난을 치다가 색색 잠드는 모습까지 모든 것이 사랑스러웠습니다. 한참을 정신없이 구경하고 있을 때였어요. 그 집의 어린 딸이 고양이들 중 가장 예쁜 아이를 안아 들더니 내게 물었습니다.

"언니가 데려갈래?"

작은 털 뭉치 같은 몸에 유리구슬처럼 반짝반짝 빛나는 눈. 어쩌면 이렇게 인형 같을까요! 나는 그렇게 레나에게 한눈에 반하고 말았습니다.

외국에서 불안한 생활을 하던 나는 마음의 위로가 필요했습니다. 내심 동물을 키우고 싶다고 생각하던 참이었지요. 그런데 부모님은 개나 고양이는 돌보기 힘들고, 죽기라도 하면 슬플 거라며 들어주지 않으셨습니다. 하지만 진지하게 부탁드리자 결국 허락해 주셨어요. 그날부터 새끼 고양이는 우리 가족이 되었습니다. 나는 고양이에게 '레나'라는 이름을 지어 주었어요. 당시에 내게 잘 대해 주던 친구들이 몇 있었는데, 그중 한 아이 이름이 레나였습니다. 예쁘고 귀엽게 생긴 친구였지요. 새끼 고양이가 레나처럼 예쁘게 크길 바라며 붙인 이름이었습니다.

처음 키워보는 고양이였지만 레나가 워낙 똑똑해서 힘든 일은 없었습니다. 레나는 대소변도 잘 가렸고, 말썽도 부리지 않았어요. 나는 사랑스러운 레나에게 푹 빠졌습니다. 학교에서 돌아오면 레나와 장난감을 가지고 놀거나, 쓰다듬어 주거나, 함께 낮잠을 자며 시간을 보냈습니다. 레나를 붙잡고 그날 무슨 일이 있었는지 이야기하기도 했습니다. 학교에서 다하지 못한 말을 하고 싶었던 것입니다.

고양이란 재미있을 정도로 주관이 뚜렷한 동물입니다. 레나 역시 그랬습니다. 평소에는 불러도 오지 않으면서, 관심이 필요할 때는 먼저 다가왔지요. 그때의 나는 '츤데레(겉으로는 쌀쌀맞아 보여도 마음은 따듯하고 다정한 사람을 뜻하는 말-옮긴이)'라는 말을 몰랐습니다. 그러다 나중에 알고 나서 '레나가 바로 츤데레구나!' 하고 무릎을 쳤습니다. 레나는 내가 이야기를 할 때면 늘 곁에서 귀를 기울여 주었습니다. 가족이 아닌 사람에게는 낯을 가렸지만, 다른 고양이에게는 친절했어요. 정원에 낯선 고양이가 들어와도 화내지 않고 지켜보는 아이였지요.

레나를 데려오고 얼마 뒤, 학교에서 누군가가 말을 거는 일이 늘어났습니다. 내가 고양이를 기른다는 걸 알고 고양이를 좋아하는 아이들이 먼저 다가오게 된 것입니다. 지금까지는 공통 화제가 적어서 대화를 시작해도 오래가지 못하고 끝났어요. 하지만 고양이라는 공통점이 생긴 덕분에 이야기가 술술 풀리게 되었지요. 나는 레나가 얼마나 귀여운지 전하기 위해 열심히 떠들었습니다. 학교에서 이야기를 나누는 친구도 조금씩 늘었어요. 우리 집으로 레나를 보러 왔다가 그 김에 놀고 가는 친구도 있었지요. 인간관계 때문에 고민하던 내게는 정말 다행인 일이었습니다.

나는 친구들과 시시한 잡담을 하고, 함께 집에 돌아가고, 방과 후에 어울려 놀기도 했습니다. 10대에게 친구란 없어서는 안 될 소중한 것이었습니다. 레나 덕분에 친구가 생기자 외국 생활도 즐거워졌지요. 레나는 집에 놀러 오는 내 친구들에게도 츤데레처럼 굴었습니다. 보통은 낯을 가리면서도 어떤 친구는 무척 좋아해서 그 아이만 오면 찰싹 달라붙었습니다. 레나의 기준은 대체 뭐였을까요? 지금 생각해도 잘 모르겠습니다.

레나가 네 살이 될 무렵, 우리 가족은 일본으로 귀국했습니다. 물론 레나도 함께였어요. 레나가 잘 적응할 수 있을지 조금 걱정이었지만 그럴 필요가 없었습니다. 이사를 하면 무서워서 숨는 고양이도 있다던데 레나는 전혀 아니었거든요. 새 집을 구석구석 점검한 뒤 만족스러운 얼굴을 하곤 했으니까요. 가족 모두가 다행이라며 안심했습니다. 식생활 문제도 없었습니다. 오히려 일본의 고양이 사료 쪽이 입에 맞는지 식욕이 늘어 포동포동 살이 올랐습니다.

이 무렵 나는 대학생이 되었고, 시험과 리포트에 쫓기고 있었습니다. 매일 같이 아침을 먹자마자 책상 앞에 앉아야 했지요. 그러다 보니 가끔은 게으름을 피우고 싶기도 했습니다. 식사를 마친 내가 거실에 힘없이 늘어져 있을 때였습니다. 레나가 '공부 안 해?'라는 듯 계단 위에서 야옹야옹 울기 시작했습니다.

"왜? 왜 공부 안 해?"

순수한 눈으로 묻는 레나를 보니 말문이 막혔습니다. 나

는 마지못해 다시 책상에 앉았어요. 레나는 늘 방에 함께 들어와서 '자, 이쪽이야.' 하고 책상 쪽으로 나를 이끌었습니다. 그리고 내가 공부를 시작하면 책상 한편에 몸을 둥글게 말고 잠을 청했지요. 아무리 밤늦게까지 공부해도, 새벽이 다 되어도 레나는 그곳에 있어 주었습니다. 책상 위는 춥고 딱딱하고, 내 물건도 이것저것 놓여 있어서 잠자리가 편할 리 없었어요. 그래도 레나는 떠날 생각을 하지 않았습니다. "다른 데서 잘래?" 하고 말을 걸어도 움직이지 않았지요.

'날 끝까지 지켜봐 주려는 거야.'

그렇게 생각하니 아무리 공부가 힘들어도 힘을 낼 수 있었습니다. 내가 학생인 동안 레나의 보살핌은 쭉 이어졌습니다. 박사 학위를 받을 때까지 열심히 공부할 수 있었던 건 다 레나의 응원과 보살핌 덕분이었지요.

평생 나를 보살펴 준 레나가 열두 살의 나이로 세상을 떠났을 때, 나는 말할 수 없는 슬픔과 인생 최대의 상실감을 느꼈습니다. 지금도 레나를 떠올리면 살짝 눈물이 고입니다. 그 후로는 두 번 다시 고양이를 키우지 않았습니다. 레나 이상의 고양이는 없다고 믿으니까요.

불안한 외국 생활을 보람차게 채워 준 레나. 힘든 공부를 마지막까지 지켜봐 준 레나. 그 모습은 마치 여동생을 이끌어 주는 야무진 언니 같았습니다.

레나는 지금도 내 안에 살아 있습니다.

| | |
|---|---|
| **이 름** | 레나 |
| **나 이** | 향년 열두 살 |
| **성 별** | 암컷 |
| **종 류** | 믹스(흑갈색과 흰색 털) |
| **성 격** | 쌀쌀맞아 보이지만 사실은 다정함 |
| **특 기** | 아빠 놀라게 하기 |
| **좋아하는 것** | 쥐 모양 장난감<br>(새끼 고양이 시절의 애착 인형) |

당신에게 고양이란?

내 삶을 이끌어 준 상대

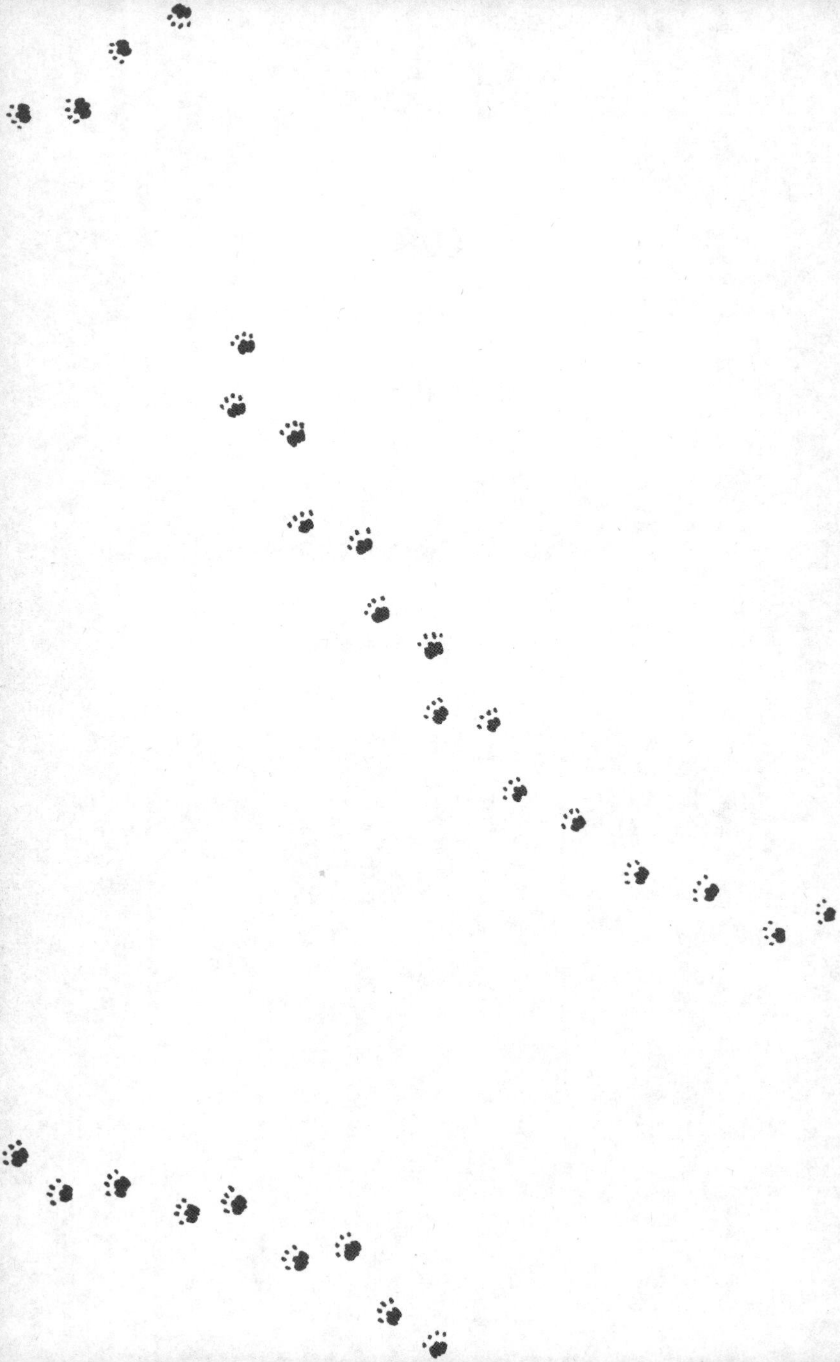

## episode 9

# 사쿠라와의
# 너무 빠른 이별

“아무도 모르는 곳에 장난감을 숨겨 두었어.
믿는 사람의 집에.”

뭐? 들켰다고?

고양이와 신뢰 관계를 쌓으려면 어떻게 해야 좋을까요? 밥을 준다, 화장실을 청소한다, 귀찮게 하지 않는다, 싫어하는 행동은 피한다……. 고양이와 함께 지내고 있다면 당연히 하는 일들입니다. 이렇게 행동하고 돌보며 천천히 시간을 들이면, 고양이에게 신뢰감을 줄 수 있습니다.

'이 사람은 믿을 수 있을지도 몰라.'

고양이들이 이렇게 생각하게 만드는 시작인 셈입니다. 태어난 지 얼마 안 된 새끼 고양이라면 신뢰를 얻기 어렵지 않습니다. 처음부터 다정하게 대해주면 되지요. 하지만 나쁜 일을 당해 인간을 못 믿게 된 고양이나, 경계심이 가득한 길고양이와 친해지기란 보통 일이 아닙니다. 먼저 그 불신과 경계심을 누그러뜨리고 '인간은 믿을 수 있다.', '위험한 상대가 아니다.'라는 것을 다시금 느끼게 해야 합니다.

사람과 사람도 신뢰 관계를 맺으려면 시간이 필요합니다. 더욱이 말이 통하지 않는 고양이가 상대라면 태도로 보이는 수밖에 없습니다. 더 많은 시간이 필요한 게 당연합니다. 포기하지 않고 노력을 쏟아부어 고양이가 따르게 될 때의 기쁨은 각별합니다.

어려서부터 인간을 믿지 못하던 고양이와 천천히 교감을 나눈 부부. 하지만 그 고양이는 너무나 빨리 하늘로 떠나고 말았습니다. 그 아이를 떠올리면 아직도 가슴 한편이 슬퍼진다는 이야기입니다.

## 용기를 보여 준 사쿠라

지금으로부터 20년 전쯤의 이야기입니다. 당시 내가 살던 집 바로 근처에 길고양이가 많은 골목이 있었습니다. 주민들이 고양이에게 다정했던 덕분일까요? 그 길이 고양이 집합소가 되었던 것 같습니다. 고양이들이 골목길을 어슬렁대고 있으면 이웃집 할머니가 먹이를 들고 나왔습니다. 그러니 배고플 일이 없었지요. 밤이 되면 어디에서 지내는지 몰라도, 아침저녁으로 밥 먹을 시간이 되면 고양이들이 모여들었습니다. 따뜻한 햇볕이 내리쬐는 날이면 골목길에서 종일 일광욕을 즐기는 고양이들도 몇 마리씩 보였어요.우리 집은 나도 아내도 둘 다 고양이를 무척 좋아했기 때문에 골목길에서 고양이와 마주치면 "잘 있었니?" 하고 말을 걸기도 하고, 싫어하는 기색이 없으면 쓰다듬기도 했습니다. 그런 식으로 고양이들과 접하다 보면 우리 부부의 마음도 따듯해졌습니다.

그러던 어느 날. 우연히 골목길을 지나가는데 새끼 고양이가 보였어요.

"어? 처음 보는 고양이네."

나이로 따지면 생후 2~3개월 정도 될까 싶은 어린아이였습니다. 골목길을 돌아다니는 고양이들은 대부분 중성화 수술을 마친 후라 배가 부른 아이를 본 적이 없었죠. 그러니 새끼 고양이는 어딘가 다른 곳에서 흘러들어 온 듯했습니다. 어미 고양이를 잃어버렸을까요? 아니면 누군가에게 버림을 받은 걸까요?

"넌 어디서 왔니?"

나는 상냥하게 말을 걸며 조심스럽게 다가갔어요. 그랬더니 새끼 고양이는 "하악!" 하고 온몸의 털을 세웠습니다. 가까이 오지 마! 하고, 있는 힘껏 외치는 모양새였지요. 처음에는 나만 싫어하는 줄 알았는데 아니었습니다. 늘 고양이들에게 밥을 주는 할머니를 보고도 새끼 고양이는 "하악!" 하고 위협을 했습니다. 할머니의 모습이 멀어지면 그제야 두고 간 먹이를 허겁지겁 먹고는 했습니다.

새끼 고양이가 골목길에 나타나고 얼마 후.

"아직 어리니까 보호소로 보내서 입양 갈 집을 찾는 게 좋겠어."

이웃 사람들은 그렇게 이야기했습니다. 그런데 문제의 새끼 고양이는 여전히 누구에게나 이빨을 드러내고 있었습니다. '내가 잡힐 줄 알고!'라는 기세가 온몸에서 느껴졌습니다.

"여기 오기 전에 사람한테 나쁜 일을 당했나……."

"무리해서 잡으면 안 되겠는데."

사람들은 한동안 모습을 지켜보기로 마음을 바꿨습니다. 얼마 후, 이름이 없던 새끼 고양이는 '사쿠라'라고 불리게 되었어요. 이름만 들으면 암컷이라고 생각할지 모르지만 실은 수컷이었습니다. 고양이 밥을 챙겨 주는 할머니가 전에 키웠던 아이와 생김새며 털 색이 꼭 닮았다며, 같은 이름을 붙여 준 것이었지요.

이윽고 사쿠라는 암컷 고양이 한 마리와 사이가 좋아졌어요. 암컷 고양이의 이름은 '후코'였습니다. 후코는 삼 남매로 태어났습니다. 그래서 TV 인형극 '아기 돼지 삼 형제'의 등장인물 '부-', '후-', '우-' 중에 둘째에게서 이름을 따왔지요. 후코는 사쿠라보다 나이가 많았고 이미 중성화 수술도 마친 성묘였습니다. 암컷이면서도 기가 센 후코는 골목길 고양이들 중에서도 대장감이었어요. 그런데 신기하게도 사쿠라에게는 몹시 다정하게 대해 주었습니다. 후코가 얼굴이나 몸의 털을 핥아 주면 사쿠라도 기분이 좋아 보였습니다. 두 마리가 서로 몸을 맞대고 일광욕을 하는 모습도 자주 보였습니다. 그때마다 내 마음까지 훈훈해지곤 했지요. 후코와 사쿠라는 마치 사이좋은 남매 같았습니다.

후코는 사람을 잘 따라서 나나 아내가 골목길에 가면 몸을 비비며 먼저 인사했습니다. 몸을 쓰다듬어도 한 번도 저항한 적이 없습니다. 턱 아래를 쓸어 주면 기분 좋은 표정을 하고 갸르릉거리는 소리를 내기도 했지요. 우리는 사쿠라가 등장하기 전부터 후코와 사이가 가까웠습니다. 후코가 우리와 친하게 지내는 모습에 영향을 받은 걸까요? 그렇게 경계가 심하던 사쿠라가 점점 가까이 다가오게 되었습니다. 밖에서 쭈그리고 앉아 후코를 쓰다듬고 있으면 사쿠라가 내 발치까지 와 편하게 쉬기도 했지요.

사쿠라는 아직 한 살이 되지 않은 어린 고양이였습니다. 노는 것을 좋아할 거라는 생각이 들어서 나는 장난감 낚싯대와 쥐 인형을 사쿠라에게 보여주었어요. 처음에는 쭈뼛대며 다가오다가, 위험하지 않다는 걸 알자마자 신이 나서 놀기 시작했습니다. 사쿠라는 장난감을 자신의 소중한 보물로 생각하는 것 같았어요. 놀이가 끝나면 장난감을 입에 물고 어디론가 사라졌지요. 나는 그런 사쿠라를 위해 고양이 장난감을 여러 개 샀습니다.

사쿠라가 후코와 함께 평화롭게 살 수 있다면 좋겠다고 생각하던 때였습니다. 어느 날, 다른 곳에서 온 수컷 고양이가 후코를 공격하는 사건이 벌어졌습니다. "우-!" 하고 고양이들이 서로를 위협하는 낮은 울음소리가 들려와 나가 보니, 후코에게 덤벼들려는 수컷 고양이가 있었습니다. 그런데 사쿠라가 그 수컷 고양이와 마주 보며 용감하게 맞서고 있었어요. 나는 그런 사쿠라를 보며 "씩씩해졌구나." 하고 대견하게 여겼습니다.

그런데 다음 날, 사쿠라와 후코가 골목에서 보이지 않았습니다.

"둘에게 무슨 일이 생긴 걸까?"

문득 어제 일이 떠올랐습니다. 어쩐지 불길한 예감으로 가슴이 술렁였습니다. 나는 아내와 함께 사쿠라와 후코를 찾아다니다가, 이윽고 이웃집 문 앞에 쌓아 둔 잡동사니 사이에서 후코를 발견했습니다. 자세히 보니 목 부분의 털이 뜯겨 있었고, 상처는 끈적끈적한 피가 엉겨 붙은 채 부어있

었습니다. 아마도 수컷 고양이에게 물린 곳이 덧나 곪은 것 같았지요. 우리는 후코를 동물병원으로 데리고 가 치료해주었어요. 하지만 여전히 사쿠라는 어디 있는지 알 수 없었습니다.

일주일이 지난 뒤, 사쿠라가 나타났습니다. 나는 사쿠라가 반가웠지만, 비틀대는 게 뭔가 이상하다 싶어 안아보니 몸이 깃털처럼 가볍고 힘도 없었습니다. 지체할 것 없이 동물병원으로 달려가 진찰을 받고 엑스레이 사진을 찍었지요. 그런데 뜻밖의 검사 결과에 그만 귀를 의심하고 말았습니다.

"가슴에 고름이 가득 차 있어요. 얼마 버티지 못하겠네요."

사쿠라의 몸 어디에도 상처는 없었습니다. 아마도 후코의 상처를 핥아 주다가 병을 얻은 것 같았어요.

다음 날, 사쿠라가 숨을 거두었습니다. 들고양이는 사람이 볼 수 없는 장소에서 죽는다고 하던데, 사쿠라는 마지막 힘을 끌어모아 우리 앞에 모습을 나타냈습니다. 그만큼 우리를 신뢰했다는 뜻일까요……. 사쿠라와 함께 한 시간은 고작 1년 남짓이었습니다. 그래도 서로의 마음이 이어졌다는 생각에 코끝이 찡했습니다.

사쿠라가 떠나고 며칠 뒤. 우리 집 마당의 화분 안에서 사쿠라가 숨겨 둔 장난감이 한가득 나왔습니다.

"이런 데다 보물을 숨겨 뒀구나."

겨우 사람에게 마음을 열고, 장난감으로 노는 즐거움을 알게 됐었는데……. 사쿠라를 떠올리니 오랫동안 눈물이 멈추지 않았습니다.

그리고 얼마 후, 사쿠라가 지키려고 했던 후코를 우리 집에서 키우기로 했습니다. 후코는 건강하게 살다가 열일곱 살 생일을 조금 앞두고 세상을 떠났습니다.

| | |
|---|---|
| **이 름** | 사쿠라 |
| **나 이** | 향년 한 살 |
| **성 별** | 암컷 |
| **종 류** | 믹스(회색과 흰색 털) |
| **성 격** | 겁쟁이지만 여차할 때는 용감해짐 |
| **특 기** | 비밀 장소에 보물 숨기기 |
| **좋아하는 것** | · 햇볕 쬐기 |
| | · 고양이 장난감 |

당신에게 고양이란?

햇볕처럼 몸과 마음을 따듯하게 해 주는 존재

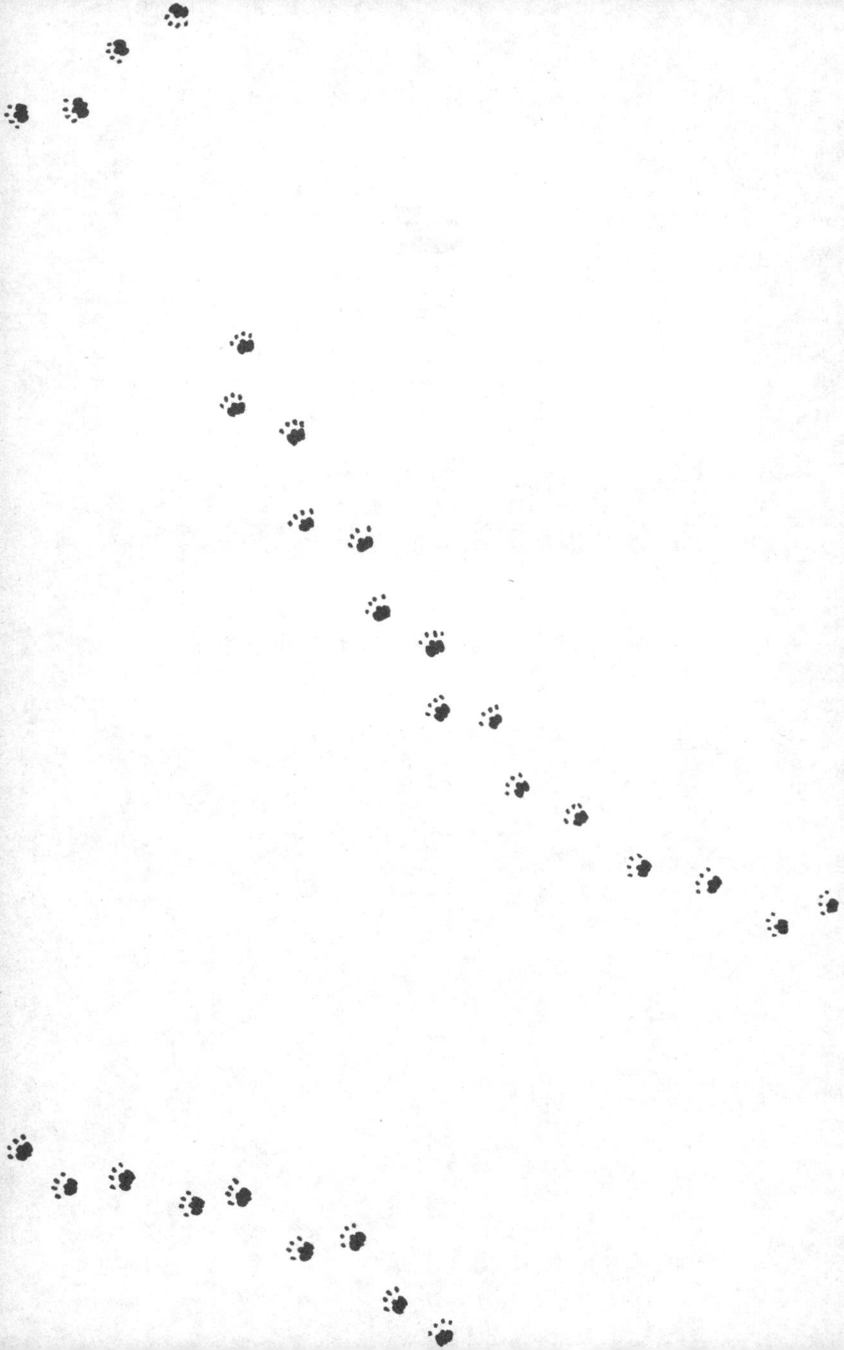

## episode 10

# 그저 곁에 있어 준 코스케

“ 꽉 끌어안는 건 답답해서 싫지만
같이 있고는 싶은 걸 어떡해? ”

고양이와 함께 산다면 어떨까요? 많은 분이 매일 밤 고양이와 같이 자거나, 갸르릉거리며 애교 부리는 고양이를 볼 수 있을 거라 기대합니다. 하지만 주인과 적당히 거리를 두는 고양이도 있습니다. 그런 도도함도 고양이의 매력 중 하나입니다. 생각보다 독립심 강한 동물이라서 놀라는 분도 있지만요.

고양이는 본래 혼자 살아가는 생명체입니다. 야생에서는 무리를 짓지 않고 홀로 사냥해 먹고 살았습니다. 사람에게 길들어 반려동물이 된 지금도 그 습성은 여전히 남아 있습니다. 그래서 주인에게 모든 걸 의지하지 않는 것이지요. 껴안으려고 했더니 있는 힘껏 도망가더라, 귀찮게 했더니 할퀴더라……. 그런 경험담도 심심치 않게 들려옵니다. 그렇다고 해서 주인에 대한 애정이나 신뢰가 없는 것은 아닙니다. 한시도 떨어지지 않고 소통할 필요는 없지만 주인의 기척은 느끼고 싶다든지, 눈 닿는 곳에 있었으면 한다든지, 같은 방에 있기를 바라는 고양이도 있습니다.

이번 이야기에 등장하는 고양이가 바로 그렇습니다. 자립심 강하고 제 갈 길을 걷는 타입이지요. 코로나 사태 속에서 불안해하던 주인이 이 고양이의 태연하고 의연한 모습 덕분에 안심하고 매일을 살아갈 힘을 얻었다고 합니다.

## 고양이에게 기댈 수 있다는 것

순식간에 전 세계로 퍼져나간 코로나바이러스. 앞으로 어떻게 될지 아무도 모릅니다. 그래서 불안한 분들도 많으리라 생각합니다. 우리 집의 생활도 코로나 때문에 크게 바뀌었습니다.

나는 프리랜서라 원래부터 재택근무가 많았습니다. 그런 중에도 한 주에 몇 번은 밖에서 일을 했는데, 지금은 그럴 기회가 전혀 없습니다. 일의 의뢰도 줄어들어 그 역시 걱정입니다. 남편의 회사도 완전히 재택근무 체제로 바뀌었습니다. 집에서 일할 환경을 마련해 주긴 했지만, 일과 사생활의 경계가 명확지 않아 애를 먹고 있지요. 나 역시 개인적인 공간을 침범당한 느낌이라 신경이 곤두서기도 하고요. 기분전환으로 친구와 밥을 먹거나 여행을 가고 싶지만 그럴 수 없습니다. 혹시 코로나가 옮지 않을까 불안하기 때문이지요. 친정집에 다녀온 지도 벌써 한참 되었습니다. 무엇보다 언제 내가 코로나에 걸릴지, 또 누군가에게 코로나를 옮길지도 모른다는 두려움이 이만저만이 아닙니다. 이 모든 게 언제 끝날지 몰라 괴롭기만 했습니다.

이런 와중에 반려묘 쿄스케가 우리 부부를 치유하고 집안 분위기를 밝혀 주었습니다. 쿄스케는 재미난 고양이입니다. 집에 온 첫날부터 신나서 뛰어다녔고, 와작와작 밥을 먹었고, 쿨쿨 잠들었습니다. 섬세한 구석이 요만큼도 없었지요. 성격을 말하자면 독립적이고 좀처럼 어리광 부리는 일이 없습니다. 특히 끌어안으면 아주 질색을 합니다. 그런 한편 내가 게임에 집중해 있으면 발치를 왔다 갔다 합니다. 그래도 시선을 주지 않으면 내 발을 살짝 깨문답니다. 서로 달라붙어 있는 건 싫지만 관심은 기울여 줬으면 좋겠다는 겁니다. 조금 까다로운 타입이지요.

나도 남편도 재택근무를 하게 되자 둘 다 집에서 머무는 시간이 늘었습니다. 그런데도 쿄스케는 개의치 않고 지냈습니다. 당시의 나는 전에 없던 코로나 사태를 겪으며 심히 불안해하곤 했습니다. 그런 내게 쿄스케의 변함없는 모습이 얼마나 든든했는지 모릅니다. 코로나와 미래에 대해 고민하다가도 쿄스케의 밥을 준비하고, 화장실 청소를 하고, 놀이 상대가 되어주다 보면 부정적인 생각들이 사라졌습니다. 그리고 쿄스케와 지금을 열심히 살아가야겠다는 다짐을 하게 되었지요. 쿄스케는 내가 현실과 마주하게 해준 연결고리였습니다.

처음 쿄스케를 만난 건 직장에서였습니다. 촬영 보조 일을 하고 있을 때였는데, 개와 고양이를 촬영할 기회가 있었어요. 그때 직원이 데리고 온 고양이 중 하나가 쿄스케였습니다. 그날 나는 쿄스케의 폭신폭신한 털, 말랑말랑하고 동그란 몸, 귀여운 얼굴, 그리고 촬영 중에 보여 준 배짱 있는 모습에 완전히 반하고 말았습니다. 그래서 촬영이 끝나자마자 "쿄스케를 제게 주세요!" 하고 소리쳤습니다.

쿄스케를 데려온 직원은 다시 한번 천천히 생각해 보라며 만류했어요. 하는 수 없이 일단 물러났지만 내 마음은 변함이 없었습니다. 결국 다음 날에 쿄스케를 데리러 갔지요. 실은 이때가 결혼한 직후였습니다. 남편은 2주간의 출장으로 집을 비운 채였습니다. 나는 남편 휴대폰에 쿄스케 사진을 보내고 '이 아이, 키우기로 했어!' 하고 통보했습니다. 사전에 승낙을 얻은 게 아니었지요. 그러자 남편으로부터 '알았어.'라는 짧은 답장이 왔습니다. 예전부터 내가 동물을 키우고 싶어 했다는 걸 알고 있었거든요.

'쿄스케'는 이전부터 쓰던 이름이었기에 굳이 바꾸지 않기로 했습니다. 촬영 중에 내내 그렇게 불러서 익숙하기도 했고, 다른 이름을 생각해 봐도 딱 이거다 싶은 게 없었습니다. 참, 나중에 그 직원에게 이런 이야기를 들었습니다. 쿄스케라는 이름은 록 스타 '히무로 쿄스케'한테서 따왔다지 뭐예요. 생일이 같아서라나?

쿄스케는 씩씩한 성격의 고양이라 산책이 가능할 것 같았습니다. 그래서 목줄을 준비해 산책에 도전해 보았습니다. 친정집에 같이 가거나 함께 외출하면 좋겠다는 생각이 들었던 겁니다. 바깥세상에 적응할 수 있을지 걱정이었지만 전혀 문제가 없었습니다. 쿄스케는 성큼성큼 걸으며 길 주변을 둘러보기도 하고, 풀 냄새를 맡기도 하며 집 밖 공기를 즐겼어요. 산책하는 동안에도 쿄스케의 자립심 강한 성격이 잘 드러났습니다. 주인을 별로 의지하지 않는 것이었죠. 익숙지 않은 무언가를 발견하면 흠칫 놀라 발걸음을 멈추기도 했습니다. 그러다 냄새를 맡으며 곰곰이 생각하고는 이내 납득하고 지나갔지요. 나한테 더 의지했으면 좋겠다는 생각이 들기도 했지만, 그런 한편 모르는 게 있으면 '이게 뭘까?' 하고 열심히 고민하는 쿄스케의 모습은 사랑스러웠습니다.

이렇듯 자립심 강한 쿄스케였지만, 쿄스케가 우리를 완전히 의식하지 않는 건 또 아니었어요. 실은 얼마 전에 나흘간 입원을 했습니다. 쿄스케가 오고 나서 이렇게 오래 떨어져 있던 적은 처음이었지요. 나는 '쓸쓸해하고 있겠지? 오늘은 어리광 부리지 않으려나?' 하고 기대하며 집으로 돌아왔습니다.

그런데 놀랍게도 쿄스케는 전혀 가까이 오지 않았습니다! 오히려 내 존재를 무시하는 듯 찬 바람이 쌩쌩 부는 태도를 보였습니다. 게다가 보란 듯이 남편의 서재에 틀어박히기까지……. 여기까지 말하면 '역시 고양이에게 주인은 아무래도 좋은 존재구나.' 하고 생각하게 되겠지요? 그런 게 아니었어요. 가만히 관찰해 보니 쿄스케의 마음이 전해져 왔거든요. '왜 이렇게 오랫동안 자리를 비웠어? 나 혼자 아빠를 돌보느라 얼마나 힘들었는데!' 하고 항의하고 있었던 겁니다. 기대했던 반응과는 달랐지만 날 소중하게 생각하는구나 싶어 조금 감동했습니다.

원래 나는 취미도 없고 친구도 많지 않습니다. 수다스러운 타입도 아니지요. 결혼 전에는 쉬는 날이면 종일 말 한마

디 않고 지내기도 했습니다. 남편도 나와 비슷해서 우리 부부는 함께 있어도 방이 쥐 죽은 듯 조용합니다. 하지만 쿄스케가 있고 나서부터는 말수가 늘어났습니다. 곧잘 쿄스케에게 말을 걸기도 하고, 남편에게 "방금 쿄스케 봤어? 진짜 귀여웠는데." 하고 이야기하기도 하지요.

또 쿄스케는 남의 말을 잘 들어줍니다. 진심으로 화가 난 건 아니지만 그래도 불평불만을 털어놓고 싶을 때가 있잖아요? 그럴 때 쿄스케는 내 감정을 다 받아 줍니다. 내 말이 다 맞는다고 위로해주지는 않지만, 묵묵히 옆에 있어 주지요. 그것만으로도 얼마나 힘이 되는지 모릅니다.

집에 틀어박혀 있다가 숨이 막힐 때는 쿄스케와 인적 없는 강가로 산책을 나가 멍하니 앉아 있습니다. 그때도 쿄스케가 가만히 곁을 지켜줍니다. 뭐, 그러다 지겨워지면 돌아가자며 "야옹~" 하고 울기도 하지만요. 나는 쿄스케를 통해 '그저 곁에 있어 주는 것'의 소중함을 배웠습니다. 코로나 사태로 숨이 막히고 답답한 지금은 그 소중함이 더욱 크게 느껴집니다.

돌아보면 어릴 적부터 늘 고양이가 곁에 있었습니다. 집에서도 키웠고, 길고양이에게도 마음대로 이름을 붙이고 귀여워했습니다. 어릴 적 앨범을 보면 고양이를 안고 찍은 사진이 가득 담겨 있습니다. 일도 연애도 잘 풀리지 않아 고민 많던 시절에는 귀갓길에 자주 마주치던 고양이에게 그날의 힘든 일들을 털어놓았지요. 태연한 얼굴로 내 투정을 받아 주는 좋은 아이였어요. 역시 고양이는 남의 말 들어주기 선수입니다. 쿄스케가 그렇듯 말이지요. 그저 가만히 귀를 기울여 주기만 해도 얼마나 위로가 되는지 모릅니다.

지금 나는 결혼을 했고, 남편과 쿄스케라는 가족을 얻었습니다. 지금까지 곁에 있어 준 고양이들 중 쿄스케는 저에게 가장 큰 위로와 활력을 선사해 준 아이입니다.

앞으로도 나는 고양이에게 도움을 받게 되겠지요. 분명 고양이와 함께 살아갈 겁니다. 냉장고 위에서 졸고 있는 쿄스케를 보고 있으니 그런 확신이 듭니다.

| | |
|---|---|
| **이 름** | 쿄스케 |
| **나 이** | 네 살 |
| **성 별** | 수컷 |
| **종 류** | 라가머핀 |
| **성 격** | 쿨해 보이지만 다정함 |
| **특 기** | · '앉아', '기다려', '돌아'를 할 수 있음<br>· 촬영 모델 |
| **좋아하는 것** | · 밖으로 산책 나가기<br>· 장난감 낚싯대 |

당신에게 고양이란?

늘 곁에 있어 주는 존재

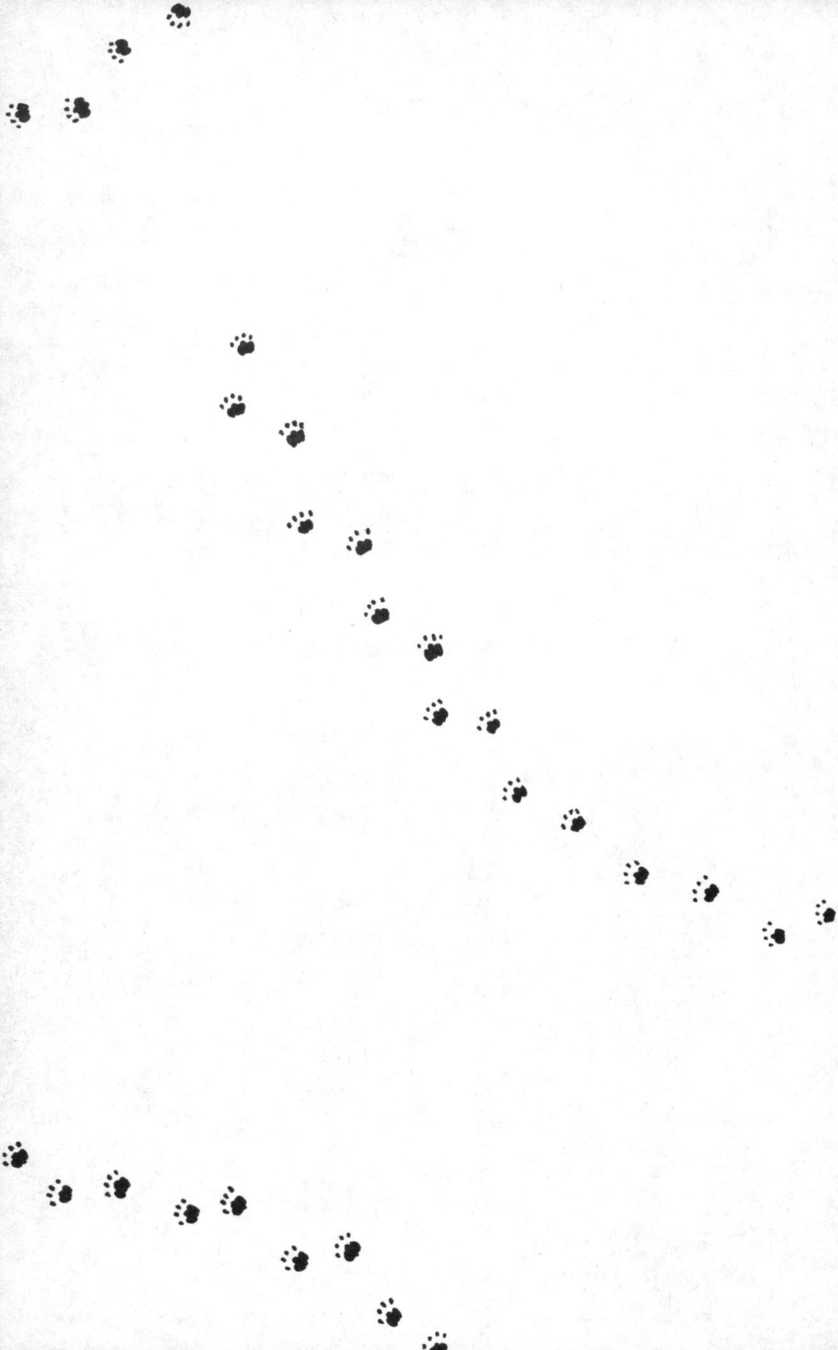

## episode 11

# 이시가 큰 소리로 운 날

“ 치비를 위해서라면 어떤 일도 무섭지 않아.
너희들이 나를 구해 준 것처럼. ”

사랑의 형태는 여러 가지입니다. 연인이나 부부간의 사랑은 물론 형제간의 사랑, 친구 간의 사랑, 동물을 향한 사랑, 아티스트를 향한 사랑, 고향이나 학교를 사랑하는 마음도 있습니다. 이 중에서 부모가 자식에게 베푸는 사랑은 '대가 없는 사랑'이라고 불립니다. 그런데 동물에게는 인간 같은 모성애, 부성애가 없다고 말하는 사람도 있습니다. 자식을 아끼고 사랑하는 듯 보여도 유전자를 보존하기 위한 행동에 지나지 않는다는 겁니다. 정말로 그럴까요?

야생에서 태어난 새끼 고양이는 얼마 후 자립합니다. 부모와 떨어져 살아가는 것이지요. 반면 집고양이는 부모와 자식이 함께 지내기도 합니다. 사이가 좋은 부모 고양이와 새끼 고양이가 있는가 하면, 서로 거리를 두거나 나 몰라라 하는 경우도 있습니다. 사람과 마찬가지로 관계성이 다양하지요. 주인한테 찰싹 달라붙어 지내면서도 부모와 자식 간에는 싸움만 한다든지, 반대로 주인에게는 쌀쌀맞으면서 부모 고양이 앞에서는 어리광쟁이가 된다든지……. 주인까지 포함해 고양이들의 가족 관계를 살펴 보면 재미있는 경우가 꽤 많습니다. 새끼 고양이가 엄마 아빠 고양이보다 덩치가 커지는 바람에 어느 쪽이 부모고 자식인지 구별이 안 될 때도 있답니다.

하지만 우리가 아무리 나이를 먹어도 부모와 아이라는 관계가 달라지지 않는 것처럼, 동물도 마찬가지가 아닐까요? 그들 사이에도 변함없는 애정이 있지 않을까요? 그런 확신을 가져다주는 에피소드를 들려 드릴게요.

## 어미 고양이 이시와
## 새끼 고양이 치비

이시와의 만남은 지금부터 약 50년 전으로 거슬러 갑니다. 그 당시 내가 살던 요코스카시는 자연환경이 아름다운 곳이었습니다. 가까이에 산이 있고 오래된 방공호의 흔적도 여럿 남아 있었죠. 우리 집에서 길을 건너면 비탈진 언덕이 나왔는데 거기에도 방공호가 하나 있었습니다.

9월의 어느 일요일 아침, 갑자기 어디선가 울음소리가 들려왔습니다. 집 안에 있던 나와 남편이 '이건 고양이다.' 하고 알 수 있을 만큼 큰 소리였어요. 밖으로 나가 보니 울음소리가 들리는 곳은 아무래도 집 근처 방공호인 듯했습니다. 마침 살무사가 나올 시기라 남편이 장화와 목장갑을 준비했습니다. 그리고 울음소리에 귀를 기울이며 방공호 안으로 들어갔지요. 지금은 입구도 막혀 있고 출입도 금지돼 있지만, 그때는 자유롭게 드나들 수가 있었습니다.

이윽고 밖으로 나온 남편의 손에 무언가가 들려 있었습니다. 태어난 지 하루 이틀밖에 안 됐는지 눈도 못 뜨고 귀도 축 늘어진, 새하얀 고양이였어요. 이 작은 몸으로 어떻게 그렇게 크게 울며 도움을 구했는지 믿기 어려웠습니다. 나도 남편도 고양이를 좋아했기에 못 본 척할 수가 없었어요. 1초도 망설이지 않고 키우기로 결정했지요.

동물병원이 쉬는 날이었지만 아는 수의사에게 연락해 검진을 받았습니다. 그리고 돌아오는 길에 고양이용 분유와 조그마한 젖병을 샀습니다. 그날부터 새끼 고양이 육아가 시작되었습니다. 해야 할 일은 수유뿐이 아니었습니다. 아직 혼자 대소변을 볼 수 없는 상태라 배변도 도와야 했습니다. 화장실 쓸 시간이 됐다 싶으면 엉덩이를 부드럽게 문질러 자극이 올 수 있도록 도와주었습니다. 이렇게 해서 우리 집에서 쑥쑥 자란 고양이가 바로 이시입니다.

이름의 유래는 이렇습니다. 이시는 한쪽 눈을 늦게 떴는데, 그 모습을 본 남편의 친구가 "모리노 이시마츠*같구먼." 하고 말한 것이 계기였습니다. 여자아이니까 더 귀여운 이름이 좋지 않을까 생각도 했지만, '이시'라고 부르자 바로 반응을 보여서 그대로 쓰게 되었습니다.

당시에는 집고양이들도 집 안팎을 자유롭게 드나드는 게 보통이었습니다. 우리 집 바로 옆에는 꽤 넓은 주차장이 있었습니다. 이시는 매일 아침 주차장 쪽으로 산책을 나갔지요. 나는 창문 너머로 이시의 모습을 지켜보기도 하고 때때로 함께 나가 빈둥빈둥 돌아다니기도 했습니다. 이시는 새하얀 털실 뭉치처럼 짧은 꼬리를 가지고 있었어요. 그래서 지나가던 아이들이 이시를 보고 "토끼인가요?" 하고 물어보기도 했지요. 성격은 침착하고 조용했습니다.

그런데 이시가 한 살이 됐을 때, 의외로 의리가 강한 면도 있다는 걸 알게 되었습니다. 친구가 집으로 찾아온 날이었습니다. 식사를 하다 갑자기 이시의 목에 전갱이 뼈가 걸리고 말았습니다. 다행히 친구도 고양이를 기르고 있었기 때문에 익숙한 손길로 뼈를 빼내 주었습니다. 잠시 후, 이시가 밖으로 나가더니 반짝반짝 빛나는 도마뱀을 입에 물고 돌아왔어요. 그러더니 친구 앞에 내려 놓았지요. 친구가 "뼈를 빼 줘서 고맙다는 인사 같은데? 똑똑하네." 하고 칭찬하자

* 에도시대에 살았던 외눈의 협객

이시의 얼굴은 더없이 만족한 듯 보였습니다.

이시가 두 살이 되던 해의 어느 날. 산책하러 나갔던 이시가 덩치 큰 샴 고양이와 함께 돌아왔습니다. 아마 이웃집에서 키우는 고양이 같았습니다. 꼭 '내 남자친구예요.' 하고 우리에게 소개하러 온 것처럼 보였어요. 샴 고양이는 예의 바르게 앉아 우리 부부를 가만히 바라보았습니다. 그 모습이 꼭 '댁의 따님과 결혼하고 싶습니다. 허락해 주십시오.'라는 듯한 분위기였어요. 아무튼 나쁜 기분은 아니었습니다. 남자친구를 소개하고 나서 얼마 후, 이시는 새하얀 새끼 고양이 두 마리를 낳았습니다. 엄마가 된 것입니다. 아빠는 아마도 그 샴 고양이였겠지요. 처음 만났을 때는 주먹만 했던 이시가 새끼에게 젖을 물리고, 털을 핥아 주며 엄마 노릇을 하고 있었습니다. 그 모습을 보고 있자니 가슴이 뭉클했습니다.

새끼 고양이들 중 한 마리는 친구 집으로 입양을 보내고, 다른 아이는 우리 집에서 그대로 키우기로 했습니다. '치비'라는 이름의 여자아이였어요. 치비는 엄마인 이시와 다르게 길게 쭉 뻗은 꼬리를 가지고 있었습니다. 덩치가 이시만큼 커진 뒤에도 꼬리로 둘을 쉽게 구분할 수 있었지요. 이시는 자기 딸인 치비를 몹시 예뻐했습니다. 치비는 산책을 나갔다가 다른 고양이와 시비가 붙으면 캭, 캬악, 하고 소리를 질렀습니다. 그러면 집 안에 있던 이시가 쏜살같이 뛰쳐나갑니다. 치비를 지키기 위해서입니다.

처음에는 뒤엉켜 싸우면 어쩌나 걱정했지만 이시는 직접 손을 대지 않았어요. 대신 날카로운 눈으로 찌릿 노려볼 뿐이었죠. 그러면 상대는 주춤거리다 떠나가 버렸습니다. 같은 광경을 몇 번인가 보게 된 뒤로 우리 가족은 이걸 '이시의 노려보기 한판승'이라고 불렀습니다. 어머니는 강하다고 하던데 사람도 고양이도 마찬가지인 모양이에요.

식사 시간에는 늘 둘의 그릇을 나란히 두었습니다. 그러면 치비는 자기 몫의 밥이 남았는데도 도중에 이시의 그릇을 기웃거립니다. 그럴 때도 이시는 전혀 화내지 않습니다. '엄마 몫도 네가 먹으렴.'이라고 말하는 듯 치비를 상냥한 눈길로 지켜볼 따름이었지요. 이시는 아이를 대할 때 늘 침착했고, 목소리를 높이지도 않았으며, 때로는 다정하게 지켜보았습니다. 치비를 위해서라면 어떤 상대에게도 기죽지 않고 맞섰지요. 나 역시 내 아이를 키우면서 이시가 엄마 노릇을 하는 모습을 많이 참고했습니다.

고양이는 집을 따라간다는 말이 있습니다. 다른 집으로 이사해 환경이 바뀌면 좀처럼 적응하지 못한다는 뜻입니다.

그런데 이시는 조금 달랐습니다. 우리 집은 남편의 일 문제로 이시와 함께 한 18년 동안 여섯 번이나 이사를 했습니다. 집이 바뀔 때마다 이시는 일단 온 방을 점검하며 돌아다니다가, 안전한 장소라고 생각하면 곧 안정을 찾곤 했습니다. 마치 새 집에서 쭉 살았던 것 같은 태연한 얼굴이라 나도 남편도 매번 놀라곤 했지요.

나와 남편과 아들. 그리고 이시와 치비. 세 사람과 고양이 두 마리의 생활은 평온하게 흘러갔습니다.

그러다 이시가 열여덟 살, 치비가 열여섯 살 되던 때의 일이었습니다. 4층에 살고 있을 무렵이라 두 마리 다 밖으로 나갈 일은 없었어요. 베란다에서 종종 밖을 내다보기는 했지만요. 그날도 치비는 언제나처럼 베란다에 나가 있고, 이시는 집 안에 있었습니다. 그런데 갑자기 이웃 사람에게 연락이 왔습니다. "댁의 고양이랑 꼭 닮은 하얀 고양이를 1층에서 봤어요. 다친 거 같던데요."라는 것이었습니다. 설마 아니겠지, 하고 생각하면서도 혹시나 해서 아래로 내려가 보았습니다. 그런데 정말로 치비가 쓰러져 있었습니다. 문득 베란다에 있던 큰 화분을 해가 잘 드는 장소로 옮겨 둔 일이 떠올랐습니다. 평소와 환경이 달랐던 탓일까요? 아무튼 어떤 이유 때문에 치비가 균형을 잃고 추락한 것이었습니니다. 운 나쁘게도 떨어진 곳이 하필 맨홀 뚜껑 위였습니다.

서둘러 동물병원에 데려갔더니 외상은 없지만 방광이 파열됐다고 했습니다. 맨홀 뚜껑에 부딪힌 충격 때문이었죠. 곧바로 수술에 들어갔고, 치비는 입원을 해야 했습니다. 그런데 수술이 끝나고 시간이 지나도 식욕이 돌아오지 않았습니다. 나흘째 되던 날, "평소에 좋아하던 걸 가져와서 먹여 보세요." 하고 의사에게 연락이 왔습니다. 우리는 치비가 좋아하는 참치 회를 들고 병원에 갔습니다. 하지만 그조차도 먹으려 하지 않았어요. 더는 무리인가 싶었지요. 적어도 마지막 순간은 이시와 가족들이 있는 집에서 배웅해주고 싶어서 퇴원을 결정했습니다. 하지만 내 작은 바람은 이루어지지 않았습니다. 차를 타고 집으로 향하는 도중, 치비는 내 무릎 위에서 잠들 듯 숨을 거두었습니다.

집에 도착해 치비의 차가운 몸을 조심스레 눕히자 이시가 다가왔습니다. 자기 아이의 이상을 금세 눈치챈 것 같았습니다. 이시는 "야옹, 야옹!" 하고 하늘을 올려다보며 늑대처럼 울부짖기 시작했습니다. 이시가 그렇게 크게 운 게 얼마 만이었을까요? 아마도 방공호에서 필사적으로 도움을 구하던 날 이후로 처음이었을 겁니다. 우리도 이시와 함께 울었습니다.

치비가 죽고 한 달이 지난 뒤, 이시가 갑자기 쓰러졌습니다. 진찰을 받아보니 심장이 매우 약해져 있는 상태였지요. 얼마 후, 치비의 뒤를 따라가듯 이시도 세상을 떠났습니다.

그 후로도 몇 마리의 고양이들을 키우고 또 떠나보냈지만, 이시와 치비 모녀를 잊은 적은 없습니다.

지금은 나이가 있어서 더는 고양이를 키우지 않습니다. 그래도 밖을 산책하다 고양이를 만나거나 TV 프로그램에서 고양이를 보면 마음이 따뜻해집니다. 온 세계 고양이들이 오래오래 묘생을 누릴 수 있기를 오늘도 기도합니다.

| | |
|---|---|
| **이 름** | 이시 |
| **나 이** | 향년 열여덟 살 |
| **성 별** | 암컷 |
| **종 류** | 믹스(흰색 털) |
| **성 격** | 침착하고 상냥함 |
| **특 기** | 날아다니는 파리를 앞발로 낚아채기 |
| **좋아하는 것** | · 구운 흰살생선(특히 도미와 날치)<br>· 신문지 묶는 노끈으로 장난치기 |

당신에게 고양이란?

## 아마도 나의 전생

# episode 12

# 우리 집 신입
# 고양이 나루

“ 연어 남은 거, 더 없어? ”

반려동물을 여러 마리 기른다면 어떨까요? 동물을 좋아하는 사람들에게는 꿈같은 환경일 겁니다. 자기들끼리 서로 어울려 노는 모습을 볼 수 있는가 하면, 두 마리가 동시에 주인에게 애교를 부리는 일도 있겠지요. 한 마리만 기르던 때와 비교하면 뭐가 다를까요? 둘 이상을 기르게 되면 '같은 고양이여도 이런저런 점이 다르구나.' 하고 깨닫는 일이 많을 것 같네요. 물론 여러 마리를 기르면 시끌벅적해서 좋기도 합니다. 그 외에도 반려묘의 새로운 면을 발견할 수 있다는 즐거움이 있겠지요.

개와 고양이가 사이좋게 지내는 사진이나 영상을 보면 사랑스러움에 가슴이 벅찹니다. 고양이끼리 있을 때와는 또 다른 느낌이지요. 종이 다른 동물들도 서로를 이해할 수 있구나 하는 감동도 느껴집니다. 물론 여러 마리를 기르기 위해서는 그만한 수고가 뒤따라야 합니다. 좀 더 현실적인 이야기를 해볼까요? 식비와 병원비부터 문제가 됩니다. 한 마리만 기를 때보다 몇 배는 더 많은 돈을 쓸 각오가 필요하지요. 하지만 동물을 여러 마리 키우는 사람들은 이렇게 말합니다.

"힘든 일보다 즐거운 일이 몇 배는 더 많아요."

시끌시끌한 나날을 보내며, 주인과 동물들이 서로 애정을 주고받겠지요. 그런 행복한 광경이 눈에 선합니다.

여기 개 두 마리와 고양이 한 마리가 사는 집이 있습니다. 이 집에 새로 온 새끼 고양이 이야기를 해볼까 합니다. 비 오는 날 주운 새끼 고양이가 말괄량이로 자란 덕분에 원래도 북적이던 집이 한층 더 떠들썩해졌다고 하네요.

## 고양이 둘, 개 둘과 함께하는 시끌벅적한 나날

지금 우리 집에는 고양이와 강아지가 두 마리씩 있습니다. 고양이는 둘 다 믹스종인데 한쪽은 태어난 지 반년 되었고, 다른 한쪽은 네 살입니다. 개들 중 한 마리는 웰시 코기(여섯 살)이고, 다른 한 마리는 시추와 치와와의 믹스견(한 살)이지요. 이 중에서 고양이 나루가 가장 마지막에 가족이 되었습니다.

나루는 회사 동료가 주운 고양이였습니다. 장마 때라 계속 비가 내리고 으스스 춥던 날이었어요. 동료의 현관 앞에서 새끼 고양이 한 마리가 오도카니 앉아 비를 피하고 있었다고 합니다. 동료는 그냥 두면 가겠거니 하고 한동안 고양이를 지켜보았는데, 잠시 비가 멎은 사이 새끼 고양이가 어딘가로 사라졌다고 했습니다. 그런데 다시 비가 내리자 고양이가 현관 앞으로 돌아오는 걸 보게 됐고, 보다 못해 그 새끼 고양이를 집으로 데려오게 되었다는 것이었습니다.

새끼 고양이는 몸이 약해진 상태였어요. 동물병원에 데려가 보니 감기에 걸린 것이라고 했죠. 동료가 보살핀 덕분에 일주일 후, 새끼 고양이는 건강을 되찾았습니다. 사실 동료는 새끼 고양이를 직접 키우고 싶어 했습니다. 그런데 이미 집에 나이 든 개가 있었습니다. 건강해진 고양이가 장난을 치고 귀찮게 하면서 개가 스트레스받는 일이 생기자 새끼 고양이의 주인을 찾게 된 것이었습니다.

"고양이 키울 사람 어디 없을까?"

동료의 이야기를 들은 나는 "내가 키워도 돼요?" 하고 물었습니다. 그러자 동료는 고양이 사진을 보여 주었습니다. 대부분 흔들렸거나 흐릿했지요.

"얌전히 있질 않아서 사진 찍기가 힘들어."

동료가 웃으며 말했습니다. 과연, 얼마나 말괄량이인지 사진만 봐도 느낌이 왔습니다. 이렇게 해서 생후 2개월(추정) 된 나루가 우리 집에 오게 되었습니다.

우리 집에는 고양이 미이코가 있었습니다. 미이코는 동물

보호소를 통해 알게 된 고양이였는데 집에서 같이 키우는 개들과 사이가 좋았어요. 미이코는 엎치락뒤치락 강아지 레슬링을 하는 개들 사이에 섞여서 같이 놀기도 했고, 술래잡기를 하기도 했죠. 그러는 한편 미이코는 혼자 지내는 것도 좋아했습니다. 개들과 떨어지고 싶어지면 할머니 방으로 가 휴식을 즐겼지요.

나는 나루를 데려오면서 당연히 고양이끼리도 사이좋게 지낼 수 있을 거라고 생각했어요. 그런데 미이코는 나루를 받아들이려 하지 않았습니다. 미이코는 아직 어린 나루가 다가오려고 하면 "오지 마!" 하고 위협했습니다. 하지만 아무리 경고해도 나루는 전혀 기가 죽지 않았어요. 오히려 미이코의 관심을 끌고 싶어서 근질근질해 보였습니다. 그러다 결국 미이코에게 고양이 펀치를 얻어맞았지요.

그런 일들이 일주일 정도 반복되었을까요? 미이코가 먼저 포기한 듯했습니다. 나루가 다가와도 고양이 펀치를 날리는 일이 없어진 것입니다. 물론 우리 집에서 유일한 고양이였던 미이코에게는 나루의 등장이 기쁘지만은 않았을 겁니다. 나와 가족들이 나루를 귀여워하면 미이코의 불만스러운 시선이 느껴졌습니다. 그럴 때의 미이코는 '흥, 하여튼!'이라는 듯한 얼굴을 하고 있었습니다. 그러다 보니 우리 집

동물들과 놀아주거나 돌봐 줄 때는 미이코의 순서가 가장 먼저라는 암묵적인 규칙이 생겼지요.

집에 온 지 일주일 만에 나루는 왈가닥 기질을 발휘했습니다. 첫날에는 새로운 환경에 긴장했지만, 점점 경계심이 옅어진 것 같았어요. 나루는 2층의 내 방에서 나와 여기저기 기웃거리다 1층과 연결된 계단을 조금씩 내려가기 시작했습니다. 어느 날 아침, 어머니가 1층 부엌 식탁에 연어구이를 놔두셨습니다. 출근 준비를 마친 내가 아침을 먹으러 부엌에 갔을 때였어요. 2층에 있는 줄 알았던 나루가 어느새 층계를 내려와 식탁의 연어구이를 노리고 있는 게 보였습니다! 내게 발각된 순간, 나루는 자기 몸보다 큰 연어구이를 입에 물고 후다닥 도망쳤습니다.

"이 녀석, 거기 서~"

내가 쫓아가자 나루는 입에 문 연어구이를 바닥에 툭 떨어뜨렸습니다. 그러더니 쏜살같이 2층으로 뛰어 올라갔지요. "생선 가게 노리는 도둑고양이가 따로 없네." 하고 가족들 모두 웃음을 터트렸습니다. 연어구이를 향한 도전은 그 뒤로도 계속되었어요. 두 번째는 처음처럼 사전에 발각되어 미수에 그쳤지만, 얼마 전 세 번째 시도에 성공했습니다.

참 이상한 일이었습니다. 나루가 물고 가지 못하게 랩을

씌워 두었는데, 어느 사이 접시에서 연어구이가 사라졌으니까요. 남은 것이라곤 식탁 옆에 덩그러니 떨어져 있는 연어 껍질뿐이었지요. 나루는 식탁에서 조금 떨어진 곳에서 만족한 듯 고양이 세수를 하고 있었습니다. 표정을 보니 무척 맛있었던 모양이었습니다.

원래 키웠던 개들이나 미이코는 식탁에서 음식을 훔쳐 간 적이 없었습니다. 이런 일은 나루가 처음이었어요. 나루는 사람 먹는 음식만 욕심내는 게 아니었습니다. 평소에도 먹보였어요. 개들이 먹다 흘린 건조 사료나 간식을 발견하면 꿀꺽 삼키기도 했습니다. 왜 이렇게 먹는 것에 집착할까요? 어쩌면 어릴 적에 잘 먹지 못하고 지냈던 기억이 있어서 그럴지도 모릅니다.

나루는 크고 나서도 미이코를 아주 좋아해서 쫄래쫄래 뒤를 따라다녔습니다. 미이코가 할머니 방에 가면 나루도 함께 가곤 했지요. 내가 밤늦게 퇴근하면 멍멍이 팀은 먼저 자고 있을 때가 많았지만, 미이코는 현관 앞까지 마중을 나왔습니다. 그러면 미이코를 따라 나루도 같이 왔습니다. 또 나루는 미이코 뿐 아니라 같이 사는 개들과도 사이가 좋았습니다. 특히 나루와 나이가 엇비슷한 한 살짜리 개가 있었는데 두 마리가 자주 어울려 놀았습니다.

그러던 어느 날, 놀이가 너무 격해졌는지 나루가 평소와는 다르게 화가 난 목소리로 야옹대기 시작했습니다. 내가 둘을 말려야겠다고 생각한 것과 동시에, 갑자기 캣 타워 위에 있던 미이코가 뛰어 내려와 개에게 고양이 펀치를 날렸습니다! 처음에는 그렇게 나루를 싫어하더니만……. 지금은 나루를 보호하려고 "캬악!" 하고 개를 위협하는 미이코의 모습에 그만 감동하고 말았습니다.

바로 다음 날, 나루는 중성화 수술을 받았습니다. 병원이 회사 근처라 나는 수술 전에 사무실에 들러 동료에게 나루를 보여주었어요. 동료와 나루가 만나는 건 우리 집에 데려온 이후로 처음이었어요.

"많이 컸구나. 이젠 날 기억 못 하려나? 아무튼 수술 잘 받고 와."

그렇게 말하며 동료는 나루의 이마에 자기 이마를 살짝 가져다 댔습니다. 나루가 전혀 싫어하지 않았던 걸 보면 자기를 구해준 동료를 기억하는 것도 같았습니다. 그 모습에 어쩐지 코끝이 찡했습니다.

개 두 마리, 고양이 두 마리가 함께 사는 우리 집은 매일같이 사건 사고가 일어납니다. 나루가 온 뒤로는 사건의 주인공이 나루일 때가 많습니다. 가족들은 "오늘은 이런 일이 있었어." 하고 서로 이야기를 나누며 웃지요. 코로나 사태가 터진 뒤로 뉴스를 보면 불안한 기분에 휩싸이게 되지만, 그래도 나루와 다른 아이들이 곁에 있는 덕분에 밝게 지낼 수 있습니다.

나는 가끔 개와 고양이가 한 마리씩 더 있어도 괜찮지 않을까 하고 생각합니다. 이런 이야기를 꺼내면 어머니는 "지금 있는 네 마리로 충분해."라고 하시겠지만요. 그래도 인연이 있다면 또 다른 아이들과 만나게 되겠지요. 내일 일이 어떻게 될지는 아무도 모르니까요!

| | |
|---|---|
| **이 름** | 나루 |
| **나 이** | 생후 6개월 |
| **성 별** | 암컷 |
| **종 류** | 믹스(삼색 털) |
| **성 격** | · 이것저것에 호기심이 왕성함<br>· 철없는 말괄량이 |
| **특 기** | 사냥감 찾기<br>(집 어디선가 청개구리, 지네 등을 찾아냄) |
| **좋아하는 것** | · 장난감 낚싯대로 놀기<br>· 강아지용 간식 |

당신에게 고양이란?

생김새와 행동 그 모든 것이 가슴 벅찬 존재

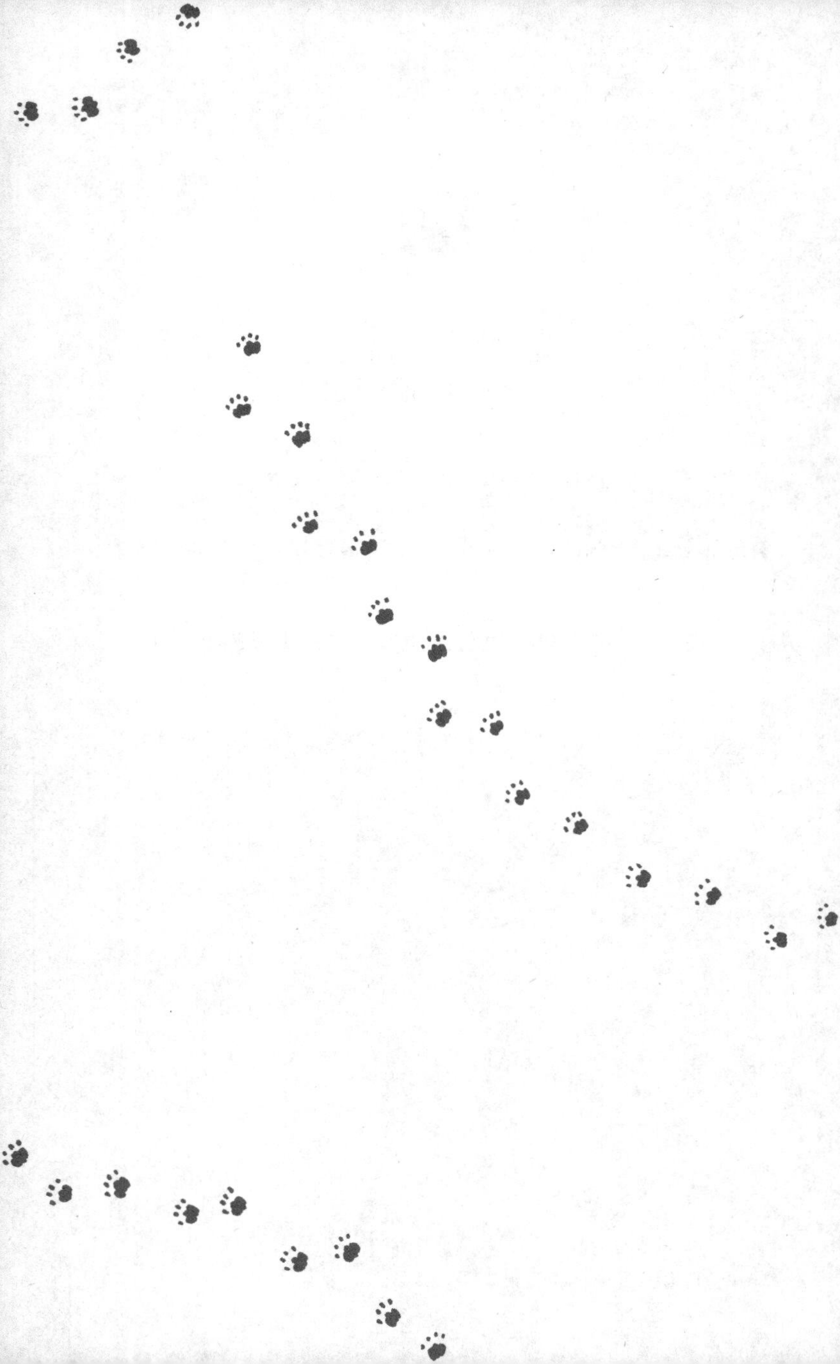

episode 13

# 메구와 극복한
# 인생 최대의 위기

내 맘이야.
“ 엄마 얼굴 위에서 자는 것도, ”
아빠 의자에 앉고 싶은 것도.

고양이를 키우기 시작했는데 좀처럼 마음을 열어주지 않아요. 방 한쪽 구석에 숨어서 꼼짝하지 않아요. 이동 가방에서 나오지를 않아요. 이런 이야기, 자주 듣지 않나요? 사람들은 고양이가 남의 눈치를 안 본다고 합니다. 하지만 고양이도 갑자기 낯선 환경에 처하면 움츠러듭니다. 경계심 강한 동물이라 '안심할 수 없는 것'에서 멀어지거나 도망치려고 하지요. 처음에는 주인 역시 '안심할 수 없는 것'의 범위에 들어가 있답니다. 주인이 아무리 맞이할 준비를 잘했어도 고양이 입장에서 보면 다릅니다. 갑자기 모르는 곳에 끌려온 셈이니까요.

'눈앞에 있는 인간이 혹시 해를 가할지도 몰라.'

'이 사람은 위험하지 않을까? 여기 있어도 안전할까?'

고양이는 잔뜩 긴장한 채 주인을 한참 관찰하겠죠. 그럴수록 안달 내면 안 됩니다. 마음을 편히 먹고 고양이의 속도에 맞춰 줍시다. 고양이를 맞이할 때 꼭 지켜야 할 규칙이에요.

갑자기 고양이와 함께 살게 된 부부. 겁을 먹고 모습을 감춘 고양이. 두 사람과 한 마리 고양이가 시행착오를 겪으며 서로의 거리를 좁혀 나가고, 그런 끝에 진정한 가족이 되었습니다. 이들의 이야기를 전해 드리려 합니다.

## 갑자기 고양이 엄마가 되다

메구는 스코티시폴드 수컷입니다. 어머니가 살아생전 '마지막 아이'라는 마음으로 키우던 고양이였지요. 메구 전에 있었던 고양이는 열일곱 살의 나이로 세상을 떠났습니다. 나는 슬퍼하시는 어머니의 모습을 보며 다시는 동물을 키우지 않을 줄 알았습니다. 하지만 고양이와 함께하는 생활을 못내 그리워하다 메구를 맞이하게 되었습니다.

"헤어졌다 다시 만났으니까 '메구(오랫동안 헤어졌다가 다시 만난다는 뜻의 일본어 '메구리아우巡り合う'에서 따왔다는 뜻-옮긴이)'라고 이름 붙였어."

어머니가 자주 하시는 말이었습니다.

한동안 어머니와 메구는 평화로운 시간을 보냈습니다. 당시 나는 메구를 동물병원에 데려가는 역할이었습니다. 하지만 결혼하고 따로 살고 있었기 때문에, 메구에게 나는 모르는 사람은 아니지만 가족은 더더욱 아니었을 겁니다. 그 무렵, 내가 살던 곳이 재개발 공사 구역으로 지정되고 집이 철거될 상황이라 행정 문제로 논의할 거리가 많아 바쁜 하루하루를 보냈습니다. 2018년 말, 내가 새 집을 찾아 이사하기로 합의해 일을 마무리 지었을 때였어요. 겨우 한숨을 돌리는가 싶던 그때. 해가 바뀌자마자 어머니의 병이 발견되었습니다. 의사의 말로는 남은 시간이 고작해야 반년이라고 했습니다. 날벼락 같은 선고에 머리가 멍해졌습니다. 나는 일단 이사 준비를 뒤로 미루고 어머니를 간병하는 일에 집중했습니다.

하지만 어머니는 반년이 채 지나기 전에 숨을 거두셨습니다. 사랑하는 어머니의 죽음은 내게 큰 충격을 주었습니다. 어머니가 돌아가시기 전 마지막 한 달은 집에서 간병했음에도 내가 과연 최선을 다했을까? 더 할 수 있는 일은 없었을까? 틈만 나면 그런 생각이 들어 마음이 무거웠습니다.

또 어머니의 죽음을 좀처럼 받아들이지 못하는 나를 더욱 궁지로 모는 일이 있었습니다. 코앞으로 다가온 이사 날짜

였지요. 그동안은 간병을 이유로 연기하고 있었지만, 어머니가 돌아가신 이상 더는 미룰 수 없었습니다. 이사 갈 집을 찾는 것도 일이었지만 25년 넘게 살았던 집의 짐 정리도 간단하지 않았어요. 거기에 어머니 유품 정리도 해야 했죠. 북받치는 슬픔과 너무 많은 일에 치여 내 몸과 마음은 지쳐 갔습니다. 인생 최대의 위기를 맞은 것입니다.

그런 와중에 어머니라는 보호자를 잃은 메구가 우리 집에 왔습니다. 이동 가방에 넣어 집에 데려온 첫날이었습니다. 화장실을 설치하려고 내가 잠시 뒤로 돈 순간, 메구가 감쪽같이 사라졌습니다. 집 안을 아무리 뒤져도 보이지 않았고 아무 소리도 나지 않았지요.

'설마 그 잠깐 사이에 밖으로 나갔나?'

나는 급히 전단을 만들어 근처 전봇대에 붙였습니다. 하지만 연락은 오지 않았고 메구는 그대로 행방불명이 되었습니다. 발만 동동 구르며 사흘을 보냈을 무렵. 코타츠* 속에서 바스락하는 소리가 났습니다. 설마 싶어 코타츠에 씌운 이불을 걷어 보니 잔뜩 겁을 먹은 메구가 웅크리고 있었습니다. 지금까지 분명 몇 번이나 확인한 곳이었어요. 그런데

* 탁상난로로 쓰이는 일본의 난방기구

도 알아채지 못할 정도로 완전히 숨을 죽이고, 먹지도 마시지도 않은 채 쭉 숨어 있었던 겁니다.

메구는 발견되자마자 또다시 벽장 안에 숨었습니다. 여기서 억지로 끌어내면 안 되겠다 싶었어요. 밥과 물을 준비해 두고 메구가 마음을 열 때까지 기다리기로 했지요. 일주일이 지나자 메구가 벽장에서 나와 밥을 먹었습니다. 순간 얼마나 마음이 놓였는지 지금도 똑똑히 기억합니다.

메구는 서서히 우리 집에 익숙해졌습니다. 위험하지 않은 장소라고 생각한 것 같았어요. 집 안 곳곳을 돌아다니는 메구를 보고 있자니, 어머니를 잃은 슬픔과 떨쳐내지 못한 후회가 조금씩 옅어졌습니다. 나도 모르는 사이에 메구를 통해 상실감으로 가득 찼던 마음이 회복된 것입니다. 지금 생각해 보면 어머니는 나를 위해 메구를 맡기고 갔는지도 모릅니다.

메구와 함께하는 생활은 놀랄 일투성이였습니다. 밥을 너무 많이 주는 바람에 메구가 배탈이 나기도 하고, 털에 붙은 대변이 좀처럼 안 떨어져 애를 먹기도 하고……. 그 와중에 이사 준비까지 하느라 난리도 이런 난리가 없었습니다. 고양이를 키운다는 건 정말이지 보통 일이 아니었지요. 함께 생활하면서 메구와 나는 서로에 대해 조금씩 알아갔습니다.

밤이 되면 메구는 침대 위로 올라와 내 얼굴 옆에 자리를 잡았어요. 귀엽기는 했지만, 숨쉬기가 힘들어 "다른 곳에서 자렴." 하고 방에서 내보냈지요. 그러자 메구는 개처럼 오옹, 오오옹 울면서 문을 들이받았습니다. 같이 자고 싶다고 주장하는 것 같았어요. 아무래도 사람과 24시간 내내 달라붙어 있는 건 싫지만, 곁에 있고는 싶은 것 같았지요. 이런 식으로 메구에 대해 점점 더 많이 알게 되었어요. 우리는 조금씩, 조금씩 가까워지며 가족이 되었습니다.

남편과 메구의 관계도 생각보다 잘 풀렸습니다. 어머니 유품 정리와 이사 준비를 하느라 남편에게 메구의 밥과 화장실 청소를 부탁하는 날들이 이어졌습니다. 물론 처음에는 남편도 투덜거렸습니다. 그런데 밥 주는 사람이란 걸 알자 메구가 남편을 잘 따르기 시작했어요. 남편도 싫지만은 않았던 것 같아요. 차츰 메구에게 마음을 열더니 지금은 귀여워서 어쩔 줄 몰라 하는 걸 보면요. 지금도 메구는 남편을 무척 좋아합니다. 코로나 때문에 재택근무를 하게 된 남편은 보통 서재에서 일을 하는데, 그때마다 메구도 함께 있습니다.

"화상 회의를 하는데 메구가 모니터에 얼굴을 들이밀지 뭐야. 말리느라 혼났어."

남편은 말은 그렇게 하면서도 슬그머니 웃습니다. 고양이

는 컴퓨터 키보드 위에 올라가는 걸 좋아하는데, 메구도 마찬가지입니다. 메구의 그런 제멋대로인 행동도 남편 눈에는 귀엽게만 보이나 봐요. 메구는 특히 남편이 늘 앉아 있는 의자를 좋아합니다. 남편이 화장실이나 부엌에 가면 기회를 놓치지 않고 자리를 차지한답니다. 시치미를 뚝 떼고 의자에 앉아 있는 메구. 곤란한 얼굴로 메구를 밀어내려는 남편. 나는 둘의 공방을 '의자 뺏기 싸움'이라고 부르며 흥미진진하게 지켜봅니다.

메구가 우리 집에 완전히 익숙해졌을 무렵, 이사가 결정되었습니다. 드디어 새 집을 구한 것이었지요.

'메구가 또 겁먹고 숨으면 어쩌지?'

나는 이런 생각에 불안하기도 했습니다. 그런데 놀랍게도 메구는 아무렇지 않은 듯 새 집을 활보하고 다녔습니다. 이번에는 나와 남편이 함께였기 때문이었는지도 모릅니다. 메구가 우리를 가족으로 인정했다는 뜻 같아서 마음이 가벼워졌습니다.

이제는 메구가 없는 삶을 상상할 수 없습니다. 나는 메구와 지내고 나서 고양이가 얼마나 사랑스러운지, 얼마나 삶에 활기를 더해주는지 알고 깜짝 놀랐습니다. 고양이가 기다린다고 생각하면 귀가하는 발걸음도 가벼워집니다. 그리고 마중 나온 모습을 보면 마음이 뭉클해지지요. 어머니의 유품 정리와 이사 준비, 회사 업무, 매일 해야 하는 집안일에 지쳐 도저히 눈이 떠지지 않는 아침에도 메구는 밥을 달라고 조릅니다. 그러면 나는 '그래, 메구를 위해서 일어나야지.' 하고 몸을 일으킵니다. 귀찮지도 성가시지도 않습니다. 이럴 때마다 진심으로 생각합니다.

'아, 고양이 엄마가 다 됐구나.'

메구가 맛있어하며 밥을 먹습니다. 단지 그것만으로도 행복하다니 참 신기한 감정입니다. 그러고 보면 남편뿐 아니라 나 역시 메구를 통해 자신의 새로운 면을 알게 되었네요. 갑자기 찾아온 인생 최대의 위기, 그 시기를 극복할 수 있었던 건 메구의 존재 덕분이었습니다. 메구가 나를 바라볼 때면 이 아이를 위해서라도 힘내자는 생각이 든답니다.

어렸을 적 나한테 고양이는 인형이나 마찬가지였어요. 그저 귀여워하면 그걸로 끝이었지요. 그러다 어머니의 죽음을 계기로 메구를 맞이했고, 고양이와 산다는 것의 의미를 매일매일 깨닫고 있습니다. 때로는 넉살 좋고 뻔뻔한 태도에 화도 나고, 상태가 안 좋아 보이면 걱정도 됩니다. 인형이 아니라 살아 있는 생명과 지내고 있기 때문입니다. 한 생명을 책임지는 건 쉬운 일이 아니니까요. 하지만 거기서 얻은 든

든함과 생활의 활력은 무엇과도 비교할 수 없습니다. 지금이라면 어머니를 이해할 수 있을 것 같네요. 왜 그렇게나 고양이를 사랑했는지 말입니다.

우리 생활에 기쁨을 더해준 메구.

앞으로도 가족답게 살아간다면 더 바랄 게 없겠습니다.

| | |
|---|---|
| **이 름** | 메구 |
| **나 이** | 여덟 살 |
| **성 별** | 수컷 |
| **종 류** | 스코티시폴드 |
| **성 격** | 혼자서도 잘 놀지만 때때로 관심이 필요함 |
| **특 기** | · 의자 뺏기 싸움에서 아빠 이기기 |
| | · 서툰 점프 |
| **좋아하는 것** | 아빠의 의자와 컴퓨터 키보드 |

당신에게 고양이란?

# 삶의 기쁨과 원동력

## episode 14

# 우울한 마음을
# 알아준 고디바

“ 엄마가 슬퍼하는 걸 보고 알았어요.
엄마는 내가 필요하다는 걸요. ”

"내 곁에 있어 줘서 얼마나 고마운지 몰라요."

많은 고양이 주인들이 분명 이런 생각을 할 것입니다. 먼 옛날, 사람들은 쥐를 잡으려고 고양이를 길들였다고 합니다. 그러나 지금, 고양이는 그저 옆에 있기만 해도 위로와 힘이 되는 존재가 되었습니다. 가족과 친구에게 말하지 못하는 이야기나 괴로운 심정을 고양이에게 털어놓아 보세요. 귀를 기울이는 반려묘의 모습에 분명 힘을 얻게 될 겁니다.

2020년, 갑자기 미지의 바이러스가 전 세계를 위협했습니다. 많은 사람이 죽거나 병에 걸렸으며, 서로 마음 편히 만날 수 없게 되었습니다. 언제까지 이런 상태가 계속될지 모릅니다. 불안과 답답함, 고독을 느끼는 이들도 적지 않을 것입니다. 정신적 스트레스로 힘든 하루하루를 보내는 사람이 늘고 있습니다.

이럴 때, 자신은 물론 배 속의 아기도 지켜야 하는 임산부는 한층 큰 불안과 부담에 짓눌리게 됩니다. 코로나 사태와 임신 우울증으로 인한 숨 막히는 나날들. 그 힘든 시기를 반려묘와 함께 극복한 주인의 이야기를 소개하겠습니다.

## 하나뿐인 대화 상대

2020년 11월, 나는 딸을 낳아 어머니가 되었습니다. 임신 중에 코로나 사태와 임신 우울증이 동시에 찾아와 힘든 시기도 있었습니다. 임신 우울증에 걸려 정서적으로 불안정해지는 임산부가 있다는 건 알고 있었어요. 하지만 남의 이야기라고만 생각했지요. 설마 내가 그렇게 될 줄이야……. 그때 반려묘 고디바의 존재가 나를 구했습니다. 나는 지금도 가끔 생각합니다. 만약 고디바가 없었다면 어떻게 되었을지 모른다고요.

고디바를 처음 만난 건 5년 전 일입니다. '고디바'는 그날이 마침 밸런타인데이였고, 새끼 고양이의 갈색 털이 초콜

릿 같아서 초콜릿과 관련된 이름을 생각하다가 붙인 이름이었습니다. 고디바는 새끼 고양이 때부터 사람을 잘 따르고 애교가 많았습니다. 처음 만난 사람에게도 먼저 다가가 무릎 위에 올라가고는 했어요. 무방비하게 발랑 드러누워 배를 보여주기도 했지요. 우리 집은 맞벌이라 둘 다 출근하면 고디바 혼자 집을 지켰습니다. 고디바는 어리광쟁이였지만 혼자 있는 시간도 즐길 줄 아는 고양이였습니다. 그러다 보니 지내기 불편한 환경은 아니었나 봅니다.

하지만 나는 달랐습니다. 일 때문에 종일 곁에 있을 수 없는 만큼, 함께 있을 때는 떨어지지 않고 붙어 있고 싶었지요. 그래서 고디바가 자고 있을 때 깨우거나 귀찮게 굴기 일쑤였습니다. 끈질기게 들러붙다가 손을 깨물린 적도 있습니다. 남편은 전혀 그런 행동을 하지 않았어요. 그래서일까요? 고디바는 남편을 더 따랐습니다. 남편과 내가 함께 있으면 고디바는 남편에게 가 있을 때가 많았습니다.

지금은 육아휴직 중이지만 쉬기 전에는 영업직 일을 했습니다. 독신일 때는 물론이고 결혼한 뒤에도 쭉 근무를 해 왔지요. 코로나 긴급사태가 선포되었던 동안에는 집에 머물렀지만, 업무 특성상 재택근무를 하기 어려웠습니다. 그래서 긴급사태선언이 해제되자마자 평소처럼 출근을 했습니다.

지나치게 바빴기 때문일까요? 출산휴가에 들어가면 '지금까지 미뤄뒀던 일을 해야지, 좋아하는 시간에 하고 싶은 일을 할 거야.' 하고 이런저런 계획을 그려나갔습니다.

9월이 되자 출산휴가가 시작되었습니다. 드디어 혼자만의 시간이 생긴 것입니다. 그런데 코로나 때문에 오랫동안 꿈꿔 왔던 대로 지낼 수가 없었습니다. 병이 옮을까 걱정스러워 친구들과 마음 편히 만나지도 못했습니다. 게다가 배가 불러오자 나가고 싶은 마음은 간절한데 몸이 말을 듣지 않았어요. 당시 남편은 매일 같이 출퇴근을 하고 있어서 집에 덩그러니 혼자 남아 있는 시간도 길어졌지요. 항상 바쁘게 일에 파묻혀 살았는데 순식간에 상황이 뒤집힌 것이죠. 사회에서 고립된 느낌이라 정신적으로 큰 충격을 받고 말았습니다. 아마 임신 우울증이 찾아온 건 이때부터인 것 같았어요.

"언제 시간이 이렇게 됐지……."

하루가 끝날 무렵이면 모처럼의 시간을 무의미하게 보냈다는 생각에 죄책감이 들었습니다. 초조함과 후회가 밀려왔고 우울해서 눈물이 나왔지요. 남편과 나는 휴일에 각자 일정이 있으면 따로 지낸 적도 많았습니다. 여태까지는 전혀 신경 쓰지 않던 일이었지만, 임신 우울증 때문에 모든 게 무너졌습니다. 휴일에 남편이 친구와 약속을 잡거나 혼자 운동을 하러 가면 '모처럼 쉬는 날인데!' 하는 마음이 들었습니다. 쓸쓸함에 나도 모르게 눈물이 나왔지요. 그렇게 우울해하거나 울기만 하면서 시간을 보냈습니다.

어느 날, 소파에 앉아서 울고 있던 내 곁에 고디바가 다가왔습니다. 그러더니 내 얼굴을 가만히 들여다보았습니다. 나는 무심코 고디바의 폭신폭신한 몸에 얼굴을 파묻었습니다. 그런데 고디바는 내가 귀찮게 굴던 때처럼 도망가지 않고 오히려 다정하게 받아들여 주었습니다.

출산휴가 덕분에 함께 지내는 시간이 길어지자, 고디바가 내게 애교 부리는 일도 늘어났습니다. 고디바가 늘 곁에 있어 주니 나도 전처럼 귀찮게 굴지 않게 되었지요. 고디바에게 물리는 일도 사라지고, 집에 남편이 있는데도 고디바가 내 쪽으로 오는 일이 많아졌습니다.

"완전히 당신 편이 다 됐네."

남편은 달라진 고디바를 보며 놀라기도 하고, 질투하기도 하는 것 같았습니다. 언제부턴가 고디바는 내 대화 상대가 되어 있었어요. 쓸쓸한 기분을 털어놓을 때만이 아니었습니다. TV를 보면서 뉴스 등에 대해서도 떠들었습니다. 어떤 이야기라도 고디바는 가만히 귀를 기울여 주었습니다. 고디바는 나에게 무엇과도 바꿀 수 없는 소중한 보물이었습니다.

또 이런 일도 있었어요. 남편과 내가 신기해서 어쩔 줄 몰라 했던 사건입니다. 새끼 고양이 때부터 고디바는 자고 있는 우리 위를 가로질러 가곤 했습니다. 전혀 개의치 않고 남편과 내 배를 꾹꾹 밟고 지나갔지요. 그런데 내가 임신한 뒤로는 달라졌습니다. 여전히 남편 배는 밟고 지나가는데, 내 배 위로는 절대 올라오지 않는 것이었습니다. 배가 이미 커진 뒤였다면 당연하다고 생각했을 겁니다. 그런데 고디바가 올라오지 않게 된 건 내 배가 커지기 전이었습니다.

"이 안에 아기가 있는 걸 알았나 봐."

고디바와 연결된 기분이라 괜스레 기뻤습니다. 고디바 덕분에 나는 더 이상 우울하지 않았고, 눈물이 나지도 않았습니다. 무사히 출산도 했습니다.

아기를 처음 본 고디바의 모습은 아마 평생 잊지 못할 거예요. 고디바는 '이게 뭐야?' 하고 외치는 듯 온몸의 털을 꼿꼿이 세웠습니다. 처음 보는 광경에 대한 놀라움 때문이었지요. 잠든 딸의 얼굴을 들여다보며 흠칫거리는 기색이 고스란히 느껴졌습니다.

앞으로 고디바가 딸의 좋은 친구가 되어준다면 더 바랄

게 없습니다. 딸아이와 고디바가 함께 머리를 맞대고 자는 모습을 빨리 보고 싶네요. 내 아이가 고디바를 통해 생명의 소중함과 귀함을 배울 수 있기를 기대합니다.

| | |
|---|---|
| **이 름** | 고디바 |
| **나 이** | 다섯 살 |
| **성 별** | 수컷 |
| **종 류** | 스코티시폴드 |
| **성 격** | 애교 많고 친근함 |
| **특 기** | · 장난감을 던지면 물고 옴 |
| | · 연기(밥을 안 먹은 척하며 또 달라고 함) |
| **좋아하는 것** | · 치킨 맛, 해산물 맛 간식 |
| | · 내 헤어 롤 |

당신에게 고양이란?

귀엽고 사랑스러운 보물

# episode 15

# 딸의 오빠가 되어 준 냐비

“ 내 동생은 내가 지킬 거예요. ”

'당신에게 고양이는 어떤 존재입니까?' 하고 물으면 뭐라고 답할 건가요? 가족이라고 대답할 분들이 많을 거라고 생각합니다. 그런데 가족이라면 내 아이 같은 느낌일까요? 아니면 위로해 주는 부모 같은 존재? 혹은 사이좋은 형제자매? 본인의 상태나 심경에 따라 그때그때 대답이 바뀔 수도 있겠지요.

고양이와 지낸 뒤로 자기 자신이 변했다고 생각하는 주인도 있습니다. 반려묘를 통해 위로와 용기를 얻기 때문입니다. 고양이라는 생명을 책임지고 돌보면서 성장하는 사람 또한 많을 것입니다.

"고양이를 위해 이렇게나 열심히 했어."

"내가 이렇게 잘 우는 사람이었나?"

고양이의 존재 덕분에 자신의 새로운 면을 발견하기도 합니다. 고양이 역시 주인을 의지할 수 있는 부모, 함께 노는 형제자매, 혹은 사랑하고 보살펴야 할 아기라고 여길지도 모릅니다.

이번에는 초등학생 딸과 마치 남매처럼 지내는 고양이를 소개하겠습니다. 서로를 아끼고 사랑하면서 둘도 없는 관계가 되는 에피소드랍니다.

# 여동생을 위한 인사

띵동.

"엄마, 선생님 오셨어."

오늘은 가정 방문 날입니다. 나와 딸은 담임선생님을 맞으러 현관으로 나갔습니다. 딸아이가 다니는 초등학교의 가정 방문은 선생님이 집 안에 들어오지 않은 채 진행되었습니다. 현관에서 이야기를 나누는 방식이었지요.

"야옹, 야옹~"

선생님 올 시간에 맞춰 닫아 둔 거실문 쪽에서 울음소리가 들려왔습니다. 우리 집 고양이 냐비였습니다. 그 소리를 들은 선생님이 "고양이가 있나 보네요." 하고 흥미를 보였습니다. 나는 "보실래요?" 하고 물은 뒤 문을 열었습니다. 고양이가 거북한 사람도 있을 수 있기 때문에, 어떤 선생님이 오시든 고양이와 갑자기 마주치는 일이 없게 미리 손을 써 둔 것이었지요. 문을 열자 냐비가 "야옹~" 하고 애교 섞인 소리를 내며 선생님 쪽으로 다가왔습니다. 뒤이어 냐비는 선생님 발치를 왔다 갔다 하며 몸을 비비기 시작했습니다. 마치 '내 동생을 잘 부탁해요.' 하고 인사하는 것 같았어요. 선생님은 냐비의 인사를 기쁘게 받아주셨습니다. 그 모습을 보니 덩달아 기분이 좋아졌지요.

딸은 이제 초등학교 4학년입니다. 냐비를 데려온 건 딸아이가 1학년일 때였습니다. 그때부터 우리 집 가정 방문은 늘 이런 느낌이었답니다. 1학년 무렵, 첫 가정 방문 때도 냐비는 담임선생님에게 인사를 하러 나왔습니다. 그때는 단순히 우연이라고 생각했죠. 그런데 다음 해에도, 또 그다음 해에도 가정 방문 날마다 같은 일이 반복되었습니다. 이쯤 되니 냐비가 '선생님은 내 동생을 돌봐주는 분'임을 이해하고 있다는 확신이 들었습니다. 선생님이 돌아가면 냐비는 어쩐지 의기양양한 표정을 지었습니다. 마치 '내가 제대로 인사해 뒀으니 걱정 마.'라는 것 같아서 나도 모르게 웃음이 나왔지요.

냐비는 근처 고양이 카페에서 데리고 왔습니다. 결혼 전에도 집에서 고양이를 키웠었고, 딸도 어려서부터 고양이를 좋아해서 한 달에 한두 번 정도 함께 고양이 카페에 갔었습니다. 딸은 "우리 집에도 고양이가 있었으면 좋겠어." 하고 줄곧 말해 왔습니다. 얼마 뒤, 단독주택으로 이사하자 또 그 얘기를 했는데, 마침 그때 카페 주인이 조만간 새끼 고양이가 태어난다는 이야기를 해주었지요. 그래서 우리 집은 언제든지 고양이를 맞이할 준비가 되어 있으니 한번 생각해 달라고 부탁을 해둔 참이었습니다.

얼마 후, 고양이 카페에 귀여운 새끼 고양이 세 마리가 태어나자 우리는 그중 한 마리를 가족으로 맞이하게 되었습니다. 카페 주인은 나와 딸이 고양이를 대하는 모습을 익히 봐왔었습니다. 그런 분이 "안심하고 보낼 수 있겠단 생각이 드네요."라고 말해줘서 무척이나 기뻤지요. 새끼 고양이가 생후 2개월 정도 되었을 무렵, 나는 그 아이를 데리러 카페에 갔습니다. 그런데 조금 떨어진 곳에서 나와 새끼 고양이를 물끄러미 지켜보는 고양이 한 마리가 있었습니다. 바로 어미 고양이였습니다. 나는 소중하게 키울 테니 걱정하지 말라고, 마음을 다해 말했습니다.

새끼 고양이는 카페에서 어미 고양이 말고도 열 마리 남짓한 고양이들과 함께 지냈었습니다. 그러다 혼자 낯선 환

경에 처하자 불안해진 것 같았어요. 우리 집에 온 첫날 밤, 새끼 고양이는 어미를 찾아 헤매며 구슬프게 울었습니다. 나는 그 아이를 침대로 데려와 함께 자기로 했습니다. 따듯한 체온을 나누어 주면 안심할지도 모른다는 생각이 들었거든요. 이윽고 머리맡에서 새근새근 잠든 모습을 보니 나까지 마음이 놓였습니다. 그리고 행복한 기분이 들었지요.

'앞으로도 이렇게 같이 잘까?'

그런 생각도 했지만, 다음 날부터 새끼 고양이는 어미 고양이를 찾지 않게 되었습니다. 새로운 환경에 금세 적응해 자유롭게 집 안을 쏘다니기 시작했지요. 밤에도 외로워하지 않아 같이 잘 필요가 없었습니다.

냐비의 이름은 딸이 지어 주었습니다. 냐비를 데리고 왔을 때, 딸아이가 포켓몬스터라는 만화영화에 푹 빠져 있었거든요. 거기 등장하는 고양이 캐릭터 이름에서 따와 '냐비'로 정한 것입니다. 냐비는 호기심이 왕성하고 활발하면서도 순한 성격이었어요. 어린아이가 놀러 와 난폭하게 쓰다듬어도 도망가거나 화내지 않았습니다. 고양이 인형처럼 얌전했지요.

냐비는 딸을 좋은 놀이 상대로 여겼습니다. 딸이 앉아 있으면 등 뒤로 살금살금 다가가 폴짝 덮치고는 했습니다. 그때부터 둘의 놀이가 시작됩니다. 딸과 냐비가 서로 쫓고 쫓으며 술래잡기를 하는 것입니다. 밤이 되면 딸이 "이제 잘게~" 하고 냐비에게 인사를 합니다. 그러면 냐비도 딸의 방으로 가 함께 침대에서 잠이 듭니다. 딸은 잠버릇이 나빠 냐비가 침대 발치 쪽에 있을 때도 있지만, 그래도 거의 매일 밤, 딸의 머리맡에 꼭 붙어서 사이좋게 자고는 한답니다.

딸이 등교할 때는 냐비가 현관 앞까지 나와 배웅합니다. 그리고 딸이 돌아오면 꼭 마중을 나가지요. 가족 중에 냐비가 배웅하고 마중 나가는 건 딸 뿐입니다. 나나 남편이 귀가할 때는 현관에 얼씬도 하지 않지요. 문 여는 방식이나 발소리로 누가 돌아왔는지 구분하는 것 같았습니다.

현관 앞까지 나와 야옹거리며 손님맞이를 하는 것도 늘 있는 일이 아닙니다. 가정 방문일 때만 그렇습니다. 우편배달부나 다른 손님이 와서 현관에서 이야기를 나누어도 전혀 관심이 없습니다. 아마도 딸이 있고 없고의 차이 같았습니다. 가정 방문일 때는 딸이 현관 앞에 나와 있으니, 냐비도 끼어들고 싶어 하는 것 같았지요. 이렇듯 냐비는 딸의 행동에 관심을 가지고 자세히 관찰했습니다.

한번은 이런 일도 있었습니다. 친구와 다툰 딸이 울면서 자기 방에 틀어박힌 날이었죠. 어디선가 냐비가 쏜살같이 뛰어오더니 딸 옆에 찰싹 달라붙어 떨어지지 않았습니다. 또 내가 딸을 혼낸 뒤 아이 방 앞을 지나가다가 딸이 냐비를 붙잡고 툴툴대며 하소연하는 걸 듣기도 했습니다.

딸이 외동아이인지라 쓸쓸하지 않을까 걱정한 적도 있습니다. 그래서 이렇게 냐비와 형제자매처럼 사이좋게 지내는 모습을 보면 정말 잘됐다 싶습니다. 좋은 변화도 일어났습니다.

"뭐랄까, 냐비가 온 뒤로 어른스러워졌네."

딸아이를 두고 할머니나 주위 사람들이 종종 이런 말을 합니다. 외동이라 응석받이인 면이 있었는데, 냐비를 돌봐야 한다는 책임감이 싹튼 모양이에요.

냐비의 화장실 청소는 먼저 본 사람이 하는 게 우리 집 규칙입니다. 딸도 규칙을 잘 지킵니다. 화장실 쓴 흔적을 발견하면 꾀부리지 않고 깨끗이 치우지요. 밥 주는 일은 내가 맡을 때가 많지만 가끔은 딸이 하기도 합니다. 또 내가 냐비에게 빗질해 주는 걸 보면 "내가 할래~" 하고 나서기도 해요. 그러면 빗을 넘겨 주지요.

딸은 "내가 냐비보다 누나니까." 하고 말하지만, 가정 방문 때나 딸이 울고 있을 때의 냐비를 보면 '내가 이 애의 오빠니까.' 하고 생각하는 것 같아요. 이렇게 둘은 서로를 귀여운 동생처럼 여기고 돌봐 주고 싶어 한답니다. 보고 있으면 마음이 훈훈해지지요.

앞으로도 둘은 남매처럼 지낼까요? 때에 맞춰 관계가 다르게 변할지도 모릅니다. 어쨌거나 냐비는 나와 남편이 할 수 없었던 오빠 역할을 맡아 주었습니다. 그것만으로도 늘 고맙게 생각합니다.

| | |
|---|---|
| **이 름** | 냐비 |
| **나 이** | 세 살 |
| **성 별** | 수컷 |
| **종 류** | 믹스(뱅갈과 스코티시폴드) |
| **성 격** | 상냥하고 다정한 말썽꾸러기 |
| **특 기** | 고양이 인형인 척하기 (함부로 만져도 화내지 않고 가만히 있기) |
| **좋아하는 것** | · 종이상자 안에 들어가기<br>· 창가에서 햇볕을 쬐며 바깥 내다보기 |

당신에게 고양이란?

신이 창조한 가장 귀여운 생물

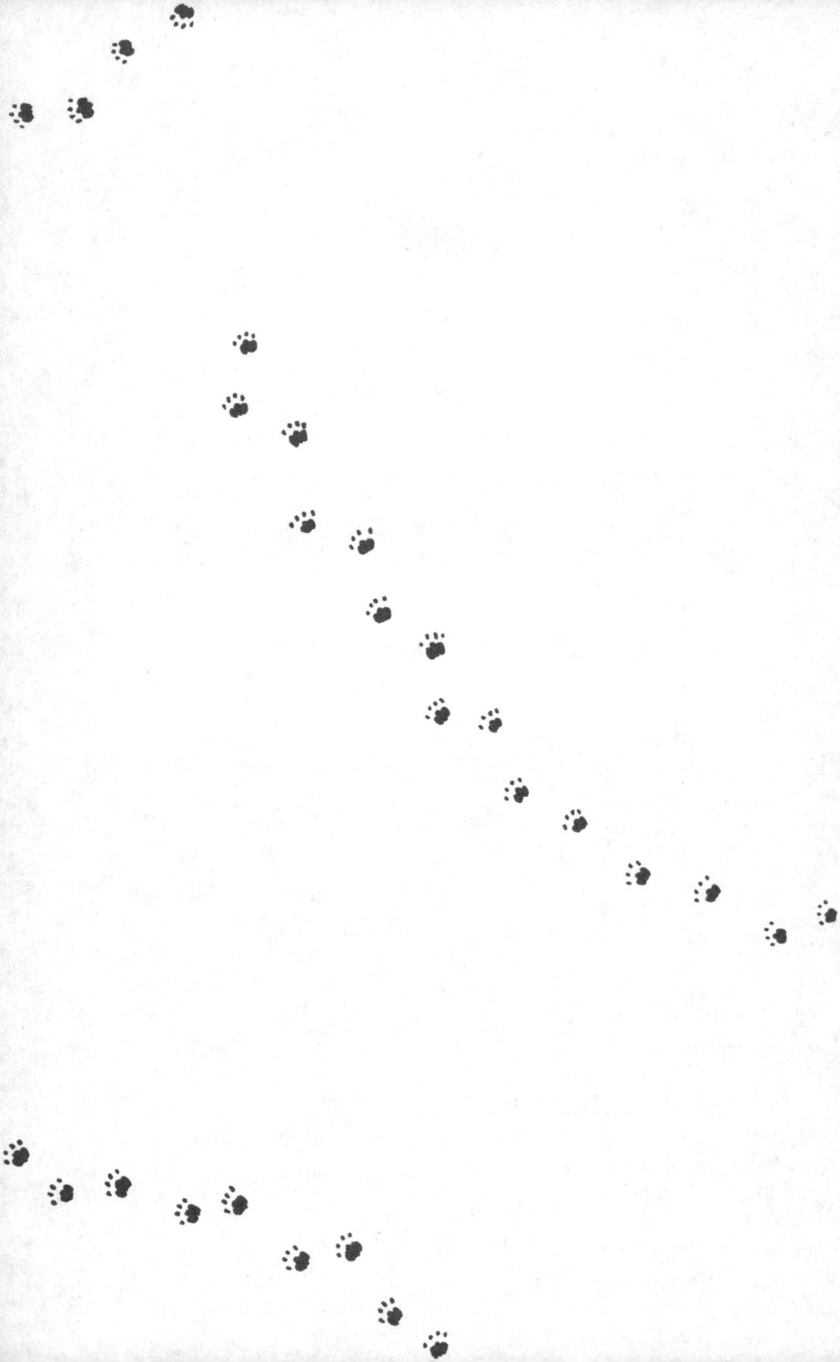

# episode 16

# 럭키가 사라진 사흘간

“ 잠깐 나갔다 왔더니
훨씬 잘해 주지 뭐야.
내가 왜 럭키인지 이제 알겠지? ”

집에서 기르는 고양이가 열린 문틈으로 나가려고 해서 놀랐습니다. 그런 경험, 누구에게나 있지 않나요? 호기심에 이끌려 나가는 아이가 있는가 하면, 아무렇지 않게 바깥세상에 발을 내딛는 아이도 있을 겁니다. 어느 쪽이든 간에 태어나서 쭉 실내에서 자란 고양이들은 멀리 나가지 못한다고 합니다. 집 밖 세계에 익숙지 않아 겁을 먹기 때문이지요. 그런데 때때로 길을 잃거나, 다른 고양이에게 쫓겨 집에서 한참 멀어지는 경우가 있습니다. 잃어버린 고양이를 몇 년 뒤 엉뚱한 곳에서 찾았다는 신기한 이야기도 있지요.

사랑하는 고양이가 집을 나가 영영 찾지 못한다.

상상하기 싫지만 그리 드문 일은 아닙니다. 걱정하며 발을 동동 구르고 있을 때 불쑥 돌아오기도 하지만, 그런 행운이 누구에게나 찾아오는 것은 아니니까요. 누군가는 잃어버린 고양이를 몇 년 동안 찾아 헤매기도 합니다. 또 자신이나 가족을 원망하며 힘든 나날을 보내기도 하지요.

이제부터 소개할 이야기가 바로 그렇습니다. 뜻밖의 경험을 통해 고양이의 소중함을 다시금 느꼈다고 하는 이야기입니다.

# 작별인사는 소중히

우리 집 고양이 이름은 럭키입니다. 럭키는 사랑스러운 겉모습과 달리 한 성격 하는 까칠한 고양이입니다. 마음에 들지 않는 일이 있으면 주저 없이 고양이 펀치를 날리기 때문이지요. 럭키 옆을 지나가기만 해도 이유 없이 펄쩍 뛰어 달려드는 일이 일상다반사였습니다. 나뿐만이 아닙니다. 가족들은 죄다 럭키에게 공격받은 경험이 있습니다. 럭키는 놀이라고 생각했을지도 모르지만, 어렸을 때 생긴 상처가 지금도 남아 있을 정도입니다. 어째서일까요? 그런 일이 있어도 럭키에게는 화가 나지 않았습니다.

어린 시절, 럭키는 누가 자기를 만지는 일을 썩 좋아하지 않았고 무릎 위로 올라오는 일도 없었습니다. 하지만 나이가 들수록 조금씩 쓰다듬어 주는 걸 반기게 되었습니다. 그러던 어느 날, 럭키가 갑자기 내 무릎 위로 휙 올라왔습니다. 우리 집에 온 지 10년 만에 벌어진 일이었죠. 유난히 추운 날이라거나 럭키를 부른 것도 아니었습니다. 그냥 휴대폰을 만지작거리고 있을 때 갑자기 일어난 일이었습니다. 오빠와 언니 모두 대학에 다닐 때라 지방에 내려가 있었고, 집에는 나와 어머니 둘뿐이었어요. 어머니도 "어머? 대체 무슨 일이니?" 하고 깜짝 놀라셨습니다. 몇 분 뒤 럭키는 바로 무릎에서 내려왔지만, 그날 이후로 럭키가 나와 어머니 무릎에 올라와 있는 시간이 점점 늘어났습니다.

물론 무릎에 올라오게 되었을 뿐이지, 럭키가 갑자기 애교 넘치는 고양이로 변한 건 아닙니다. 이런 일도 있었습니다. 내가 대학 시험에 떨어져 우울해하고 있었을 때, 럭키가 울고 있던 나를 앞발로 톡톡 치더니, '괜찮아?' 하고 말을 거는 것처럼 "야옹!" 하고 울었습니다. 보통은 소리 내 우는 일이 전혀 없었는데도 말이에요. 위로하러 와 줬나 싶어 나도 모르게 럭키를 꼭 끌어안았습니다. 그러자 우울하던 기분도 스르르 나아졌습니다. 그렇게 럭키의 응원에 힘입어 나는 다음 해, 대학에 합격했습니다. 학교는 집에서 거리가 꽤 멀었어요. 그래서 큰맘 먹고 독립하기로 했습니다. 럭키를 데려가고 싶은 마음도 있었지만 그러면 어머니가 혼자 남고 말겠지요. 나는 럭키에게 어머니를 부탁하고 집을 나와 혼자 살기 시작했습니다.

방학이 되면 럭키를 만나러 본가로 돌아왔습니다. 또 방학이 끝나고 학교로 돌아갈 때도, 습관처럼 럭키를 꽉 끌어안고 "럭키, 또 보자!" 하고 말했습니다. 그런데 작년 겨울방학에 집으로 돌아왔을 때는 조금 달랐어요. 럭키에게 "가 볼게."라는 말만 남기고 평소처럼 작별인사를 하지 않았거든요. 시험이 코앞이라 빨리 돌아가야 한다는 생각에 초조했기 때문이었지요. 본가에 돌아오면 언제든 안아 줄 수 있다는 마음도 있었습니다.

그런데 2월 어느 날 밤, 어머니에게 전화가 왔습니다.

"럭키가 없어졌어. 욕실 창문으로 나갔나 봐."

창고 대신 쓰는 방에 몰래 들어가거나, 거실 좁은 틈새에 몸을 숨기는 등 감쪽같이 숨는 게 럭키의 특기였습니다. 그래서 한나절 동안 눈에 띄지 않은 적이 종종 있었습니다. 어머니도 처음에는 또 어딘가에 숨어 있을 거라고 생각하셨나 봅니다. 하지만 한나절이 훌쩍 지나고도 럭키는 나타나지 않았습니다. 뭔가 이상하다 싶어 제대로 찾아보니, 욕실 문

이 살짝 벌어져 있는 게 보였습니다. 환기를 위해 열어 둔 욕실 창문에는 럭키의 털이 한가득 붙어 있었지요. 하필 그때가 시험 기간인 바람에 나는 곧장 집으로 돌아올 수가 없었습니다. 어머니 혼자 집 주변을 찾아보셨지만 발견하지 못했고……. 그러는 사이 럭키가 없어진 지 사흘이 지났습니다.

"일단 럭키를 찾는 전단을 만들자."

컴퓨터를 다룰 줄 모르는 어머니 대신 내가 전단을 만들었습니다. 그러면서 럭키와 마지막으로 헤어졌을 때를 떠올렸습니다.

"그날 럭키에게 제대로 인사를 할 걸 그랬어. 다시는 못 만날지도 몰라. 어디서 혼자 죽기라도 했으면 어쩌지……."

나쁜 상상과 후회가 머릿속을 맴돌았습니다. 나는 슬프고 또 슬픈 마음에 울면서 전단을 만들었습니다. 여기저기 전단을 붙인 어머니가 집에 돌아오시고 보니 어느새 밤 10시가 훌쩍 넘어 있었습니다.

"내일도 럭키가 돌아오지 않으면 펫 탐정*에게 부탁하자."

나는 어머니와 상의하고 전화를 끊었습니다. 자정이 지나

* 잃어버린 반려동물을 찾아주는 일본의 직업명

고 날이 바뀌어 새벽 12시 반 정도 되었을 무렵이었어요. 잔뜩 흥분한 어머니에게 전화가 왔습니다.

"돌아왔어!"

어머니가 막 잠자리에 들려던 차에 느닷없이 럭키가 돌아온 것이었습니다. 혹시나 하는 생각에 욕실 창문을 열어 두었는데 그 문을 통해 들어온 모양이었어요.

"얘도 참, 방금 전단을 다 붙였는데 말이야. 떼러 가야겠네."

툴툴대면서도 기쁨에 찬 목소리였습니다. 어머니는 전화를 끊자마자 바로 전단을 떼러 나가셨습니다. 나 역시 럭키가 무사하다는 사실에 가슴을 쓸어내리며 기쁨을 만끽했습니다.

럭키의 탈출 사건에는 뒷이야기가 있습니다. 사흘을 밖에서 지냈으니 진드기가 붙지 않았을까 걱정돼 동물병원에 검사를 받으러 갔어요. 그랬더니 진드기 대신 자궁축농증이 발견되어 수술해야 한다지 뭐예요. 이전까지 별다른 증상이 없어서 몰랐는데, 이 일이 아니었으면 병을 늦게 발견했을지도 모릅니다. 정말이지 럭키는 이름처럼 행운의 고양이입니다. 그 뒤로 집을 떠날 때는 아무리 급해도 럭키를 끌어안고 작별인사를 나눕니다. 고양이가 있는 일상을 너무나 당연히 여겼지만, 실은 그렇지 않다는 것을 절절하게 느꼈으니까요. 럭키가 행방불명이었던 사흘 동안 말입니다.

럭키와 함께하는 시간은 무엇과도 바꿀 수 없습니다.
앞으로도 이 마음을 잊지 않고 소중히 여기려 합니다.

| | |
|---|---|
| **이 름** | 럭키 |
| **나 이** | 열네 살 |
| **성 별** | 암컷 |
| **종 류** | 랙돌 |
| **성 격** | 제멋대로에 응석꾸러기 |
| **특 기** | 구석에 숨어 있기 |
| **좋아하는 것** | · 닭고기 육수(즉석식품) |
| | · 내 무릎 위 |

당신에게 고양이란?

내 감정을 마음껏 표현할 수 있고,
이야기를 들어 주는 상대

episode 17

# 가르가 버텨 낸 마지막 세 달

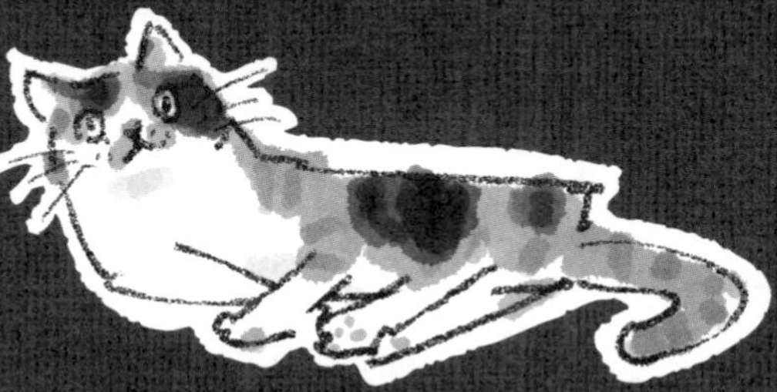

“ 아픈 건 싫어.
이걸 알아주는 건 너뿐이구나. ”

어떤 형태든 반려묘와의 헤어짐은 가슴 아픈 일입니다. 늙었거나 병으로 아파서, 혹은 불의의 사고 때문에 이별하기도 합니다. 생전에 많은 것을 해 줬지만 그래도 '뭔가 더 해 줄 수 없었을까?', '그때 이렇게 했다면 좋았을 텐데' 하는 생각이 꼬리에 꼬리를 뭅니다.

긴 세월 함께한 고양이를 잃고 상실감에 빠져 펫로스 증후군을 호소하는 주인도 있습니다. 인간보다 고양이의 수명은 짧습니다. 마지막 순간은 피하려고 해도 피할 수 없지요.

여러분은 고양이와 만나 얼마나 많은 행복과 기쁨을 누렸고 위로받았나요? 고양이 역시 주인과 함께 지낸 나날을 행복한 순간으로 기억할 겁니다. 함께 지낸 시간을 소중히 하고, 후회가 없도록 최선을 다하세요. 그리고 이별의 순간에는 고마웠다고 말해 주세요.

18년을 함께 지낸 반려묘를 갑자기 덮친 암. 최후의 순간까지 있는 힘껏 버텼던 주인과 고양이 이야기입니다.

## 단풍 질 때면 떠오르는 기억

지금까지 나는 세 마리의 고양이들과 이별을 경험했습니다. 그때마다 매번 슬펐습니다. 지금 생각하기만 해도 가슴이 아픕니다. 특히나 괴로웠던 건 마지막에 겪은 가르와의 이별이었습니다.

가르는 당시 일하고 있던 회사 근처에서 발견한 아이였어요. 네 마리 새끼 고양이들 가운데 하나로, 다른 형제자매 중 가장 몸이 작았는데도 가장 기운이 넘쳤지요. 고양이들을 보낼 만한 곳을 찾기 전까지는 사무실 한편에 두고 돌봐주기로 했습니다. 네 마리 중 두 마리는 순조롭게 주인을 찾았지만, 남은 두 마리를 맡겠다는 사람은 좀처럼 나타나지 않았어요. 마침 회사 동료가 가브리엘 가르시아 마르케스의 소설을 읽고 있던 때라, 남은 둘의 이름은 '가르'와 '시아'가 되었습니다.

가르와 시아가 사이좋게 지내던 어느 날, 시아를 데려가겠다는 사람이 나타났습니다. 나는 "둘은 사이좋은 자매예요. 가르도 함께 데려가면 안 될까요?" 하고 부탁했어요. 하지만 이미 집에 고양이가 있어서 둘을 한 번에 데려가기는 어렵다며 거절당했습니다. 그렇게 가르만 혼자 남았습니다. 우리 집에도 이미 고양이가 두 마리 있었지만, 남겨진 가르가 가여워서 결국에는 내가 입양하게 되었지요.

가르는 어려서부터 활발했어요. 장난감 낚싯대를 크게 휘두르면 굉장한 높이까지 점프했습니다. 방의 벽을 타고 에어컨 위로 올라갔다가 바닥으로 뛰어내린 적도 있었습니다. 장난감 중에서는 작은 쥐 인형을 특히 좋아했습니다. 인형을 내 앞으로 물고 와서는 '던져줘~' 하고 재촉했는데, 던져주면 다시 물고 왔습니다. 마치 강아지가 캐치볼 놀이를 하듯 몇 번이나 반복했지요. 또 가르는 기가 센 면도 있었습니다. 다른 고양이가 핥아 주면 처음에는 얌전히 있다가 도중에 싸움이 나는 일도 자주 있었습니다. 그래도 세 마리는 기본적으로 사이가 좋았습니다. 나는 고양이들과 함께하는 생활을 즐거워하며 지냈습니다.

시간이 흐르자 먼저 키우던 고양이들이 나이순으로 떠나갔습니다. 또 가르 혼자 남겨지고 만 것입니다. 새끼 고양이 때와 마찬가지였지요. 친구를 잃고 쓸쓸해하는 가르를 보며 앞으로는 나 혼자서라도 정성을 다해 돌봐 주겠다고 결심했습니다.

가르가 열여덟 살을 맞이한 해, 9월 초의 어느 아침이었습니다. 갑자기 가르가 벌렁 몸을 뒤집더니 두 앞발로 얼굴을 가리는 듯한 동작을 했습니다. 여태껏 한 번도 없었던 일이었지요. 순간 '간질 발작인가?' 하는 생각이 머릿속에 떠올랐어요. 곧바로 동물병원에 가서 진찰받아보니 간질은 아니었습니다. 그런데 혈액 검사를 마친 수의사가 "몸 어딘가에 암이 있을지도 모릅니다."라고 이야기하는 것이었습니다. 나는 집으로 돌아온 뒤 가르의 입 안쪽을 살펴보았어요. 그러자 혀 안쪽에 1센티 정도의 종양이 보였습니다.

벌렁 몸을 뒤집고 앞발을 얼굴에 가져다 댄 이유를 알 것 같았습니다. 아마도 입안 깊숙한 곳에서 아픔을 느꼈기 때문이었을 겁니다. 털을 쓰다듬을 때마다 몸 어딘가에 혹 같은 게 없는지 신경 썼었는데, 설마 입안에 생길 줄이야……. 가르의 종양을 발견한 순간부터 불안한 마음이 멈추지 않았

습니다. 암인지 아닌지 알기 위해서는 조직검사를 해야 했어요. 그러려면 병의 원인이 되는 부분을 채취해야 했지만, 가르를 아프게 하고 싶지는 않았지요. 결국 조직검사는 포기했습니다. 아마도 '편평상피암'이라고 하는 악성 종양 같았습니다.

혀 안쪽에 생긴 종양은 날이 갈수록 조금씩 커져갔습니다. 가르의 식욕 자체는 크게 달라지지 않았지만, 혀가 잘 움직이지 않게 되었고 그러다 보니 입에서 음식물이 주르르 흘러나왔습니다. 나는 가르가 조금이라도 먹기 쉽도록 건조 사료 대신 습식 사료를 준비했습니다.

어느 날은 물과 사료를 그릇에 덜어 두고 잠시 외출했습니다. 그런데 돌아와 보니, 가르가 입에서 흘러나온 피와 사료로 범벅이 된 채 오들오들 떨고 있었습니다. 그 모습이 어찌나 불쌍하던지……. 그 뒤로는 사료도 물도 두고 가지 않게 되었습니다.

암이라는 사실을 알고 나서 2주일이 지났습니다. 이제 가르는 혼자 힘으로 물도 마시지 못했습니다. 나는 매일 두세 시간 간격으로 주사기를 사용해 사료와 물을 먹여 주었어요. 가르에게 밥을 먹일 때는 몸이 더러워지지 않게 갓난아기용 턱받이를 둘러 주었지요. 가르는 습식 사료가 들어 있는 주사기를 보면 온 힘을 다해 빨아먹었습니다. 그렇게 식욕이 있는 모습을 볼 때마다 기쁘고 감사했습니다.

암은 조금도 사정을 봐주지 않고 가르의 몸을 좀먹어 갔습니다. 날이 갈수록 가르가 야위어 가는 게 느껴졌지요. 얼마 지나지 않아 동물용 슬링 백에 가르를 넣어 안고 다니게 되었습니다. 우리는 걸어서 20분 정도 거리에 있는 동물병원과 집을 매일 같이 오갔습니다.

그 무렵에는 입안에서 늘 피가 흘러나왔습니다. 가르의 몸에 피가 덕지덕지 말라붙는 걸 피할 길이 없었지요. 집에서 삶은 수건으로 몸을 닦아 주었지만 가르는 썩 좋아하지 않았습니다.

병원에서는 수의사가 링거 수액과 주사를 놔 주었습니다. 가르의 몸에 붙은 핏자국과 사료 덩어리도 따듯한 물로 불려 조심스럽게 떼어 주었습니다. 병원이 쉬는 날에도 가르는 특별히 진찰과 치료를 받을 수 있었습니다. 돌이켜 보면 정말 큰 도움이 되었습니다.

매일 집과 동물병원을 오가다 보니 가르도 병원 다니는 길을 기억한 것 같았습니다. 슬링 백에 들어가 있어서 밖이 보이지 않았을 텐데, 신기한 일이었어요. 진찰을 마치고 돌아가다가 용무가 있어 다른 길로 가려고 하면 가르가 소리

높여 울었습니다. 마치 '빨리 집에 가자.'라고 떼쓰는 것 같았지요. 슬링 백 너머로 느껴지는 가르의 몸은 점점 가벼워졌습니다. 어떻게든 살고자 발버둥치는 가르를 보며 생명의 무게가 너무 덧없고, 또 너무 소중하다고 생각했습니다. 그렇게 가슴 아픈 하루하루를 보냈습니다.

병이 발견된 지 세 달 후, 어느 맑은 날이었습니다. 가르는 삶은 수건으로 몸을 닦는 걸 질색했습니다. 하지만 그날은 볕이 잘 드는 따뜻한 장소에 눕혀 놓고 천천히 닦아 줄 수 있었습니다. 이미 의식은 거의 없는 듯했습니다. 몇 번이나 동공이 풀렸습니다. 그러다가도 몸을 쓰다듬으며 "가르." 하고 부르면 눈동자가 또렷해졌습니다.

하루 종일 얼마나 그렇게 되풀이했을까요. 정신을 차리고 보니 가르의 숨은 끊어져 있었습니다. 내 품에 안겨 마지막 순간을 맞이한 가르는 몹시 평온해 보였습니다.

"고마워. 그동안 고생 많았어."

나와 가르는 단풍이 드는 계절에 동물병원을 다녔습니다. 그래서일까요, 단풍잎이 물드는 시기가 되면 가르와 보낸 나날들이 떠오릅니다.

올해도 단풍이 아름답습니다. 하지만 어쩐지 그 아름다움이 서글퍼서 뺨 위로 눈물이 흘렀습니다.

| | |
|---|---|
| **이 름** | 가르 |
| **나 이** | 향년 열여덟 살 |
| **성 별** | 암컷 |
| **종 류** | 믹스(삼색 털) |
| **성 격** | 활발하고 자존심이 강함 |
| **특 기** | (젊었을 때 한정) 높이 점프하기 |
| **좋아하는 것** | · 장난감 낚싯대, 작은 인형<br>· 장난감 던지기 놀이 |

당신에게 고양이란?

서로 말이 필요 없는 소울메이트

# 우리의 믿음은
# 고양이가 있다는 것

**초판 1쇄 발행** 2023년 3월 30일

**엮은이** 주부의벗사
**옮긴이** 양수현
**펴낸이** 서재필
**책임편집** 이시은

**펴낸곳** 마인드빌딩
**출판등록** 2018년 1월 11일 제395-2018-000009호
**전화** 02)3153-1330
**이메일** mindbuilders@naver.com

**ISBN** 979-11-92886-04-6 (03830)

- 책값은 뒤표지에 있습니다.
- 잘못된 책은 구입하신 곳에서 바꿔드립니다.

마인드빌딩에서는 여러분의 투고 원고를 기다리고 있습니다.
출판하고 싶은 원고가 있는 분은 mindbuilders@naver.com으로
기획 의도와 간단한 개요를 연락처와 함께 보내주시기 바랍니다.